中华先锋人物
故事汇

袁隆平

东方"稻神"

YUAN LONGPING
DONGFANG DAOSHEN

邓湘子 谢长江 著

党建读物出版社　接力出版社

图书在版编目（CIP）数据

袁隆平：东方"稻神"/邓湘子，谢长江著.—南宁：接力出版社；北京：党建读物出版社，2020.4（2024.4重印）
（中华人物故事汇.中华先锋人物故事汇）
ISBN 978-7-5448-6419-0

Ⅰ.①袁… Ⅱ.①邓… ②谢… Ⅲ.①传记小说－中国－当代 Ⅳ.①I247.5

中国版本图书馆CIP数据核字(2020)第003040号

袁隆平——东方"稻神"

邓湘子　谢长江　著

责任编辑：	陈文龙　唐　玲
文字编辑：	郝　娜
责任校对：	贾玲云　阮　萍
装帧设计：	严　冬　许继云　　美术编辑：高春雷
出版发行：	党建读物出版社　　接力出版社
地　　址：	北京市西城区西长安街80号东楼（邮编：100815）
	广西南宁市园湖南路9号（邮编：530022）
网　　址：	http://www.djcb71.com　　http://www.jielibj.com
电　　话：	010-65547970/7621
经　　销：	新华书店
印　　刷：	河北鹏润印刷有限公司

2020年4月第1版　　2024年4月第17次印刷
787毫米×1092毫米　32开本　　5印张　　80千字
印数：293 279—303 278册　　定价：20.00元

版权所有　侵权必究

质量服务承诺：如发现缺页、错页、倒装等印装质量问题，可直接联系本社调换。
服务电话：010-65545440

目 录

写给小读者的话 ········· 1

参观美丽的园艺场 ········ 1

跟着兴趣走 ········ 7

爱提问爱思考 ········ 15

难忘的游泳比赛 ········ 21

"农门"里的大学生活 ······ 27

来到安江农校任教 ········ 33

饥饿的启示 ········ 45

发现"天然杂交稻" ······ 51

要解世界难题 ········ 57

寻找病态的雄花·········63

写出第一篇论文·········71

试验遇到了阻碍·········77

追着季节去育种·········85

试验中的新难题·········93

寻找新的试验材料·········97

迎来攻关大协作·········107

试验田里的"魔法"·······115

柔软的内心深处·········123

禾下乘凉梦·········131

要做一颗好种子·········139

写给小读者的话

亲爱的小朋友,你观察过水稻田里那金灿灿的稻穗吗?

你知道一个稻穗上能结出多少谷粒吗?

你有没有想过捧起一个稻穗,数一数它结了多少谷粒?

你是否知道,一位喜欢数谷粒的人创造了让世人钦敬的奇迹?

半个多世纪前,湘西雪峰山深处的安江镇有一所农业学校。

盛夏的一天,这所学校的一位青年教师下课后手拿着教科书走到校外的早稻试验田边。那片稻田里生长着常规培育的早稻,金黄的稻穗已经勾头,呈现出丰收在望的景象。

这是他和他的学生一起种的试验田，他喜欢到稻田边走一走，看一看。

突然，他被一株形态特异、鹤立鸡群的水稻植株吸引住了。那株水稻在稻丛中长得特别高大，稻穗尤其长，格外显眼。青年教师立即把教科书放在田埂上，向那株水稻走去。那株水稻太不一般了，它株型优异，穗大粒多。

这位青年教师走下田埂踏进稻田里，凑近仔细观察，伸手轻轻捧起稻穗。他数了数那株水稻的穗数，又细心地数了每个稻穗上的谷粒数。这株水稻有十余穗，每穗有壮谷一百六七十粒。

当时，常规品种的水稻一个稻穗一般只能结出一百粒左右的稻谷。这株奇异的水稻穗数和谷粒数远远多于普通的稻株。这真是一株不同寻常的水稻！

他看着眼前这株奇异的水稻，一串问号从脑子里冒出来。它是怎么来的呢？能不能通过人工培育的方式，让稻田里都种上这样的水稻？要是稻田所有稻穗都长得这么长，能结这么多饱满的谷粒，那么水稻的产量不就能大幅度提高吗？

这位青年教师心情激动，赶紧找来布条给这株特殊的稻子扎上记号。

此后，他每天都要走到田边，去看看那株奇异的水稻。收割的时候，他特意把它结的金灿灿的谷粒单独收藏起来，留作试验用的种子。

这位数谷粒的青年教师名叫袁隆平。

受这株不同寻常的水稻启发，袁隆平开始了一项看似简单其实却异常艰辛的科学研究——他要让稻穗变得更长，让稻穗结出更多、更饱满的谷粒。

参观美丽的园艺场

一九三〇年,一个小男孩在北平协和医院出生了。他是家里的第二个儿子,父母亲给他取的小名叫二毛,大名叫袁隆平。

他的父亲是江西省德安县人,当时在平汉铁路局担任秘书。一九三六年秋,父亲被调到汉口工作,袁隆平随家人从北平搬到了长江边。他已经六岁了,在汉口扶轮小学上学。

这个一年级小学生有过一次非常难忘的经历。有一天,他和同学们排着队,跟老师去参观一个私人办的园艺场。

走进园艺场,小朋友们的眼睛一下子都亮了。"哇,这么多的果树,果子长得真好……"小朋友们兴奋地叫起来。

"瞧，桃子红红的，又大又好看，一定很好吃吧？"

"哟，葡萄一串一串的，真好看！要是熟透了，肯定特别好吃。"

"这里的花也开得特别好啊。"小朋友们感到格外新奇和兴奋。

同学们一边欣赏，一边议论。

袁隆平的脑子里浮想联翩。不久前，他看过卓别林演的电影《摩登时代》，电影里有许多新奇难忘的画面：牛奶一挤就出来了，葡萄一伸手就摘下来了……他觉得眼前这个果园，就像电影里的画面那样美，那样神奇。

他又想起了《西游记》里王母娘娘的蟠桃园，眼前那些成熟的桃子真像孙悟空大闹天宫时吃的仙桃。

"老师，这里的果树和花朵为什么长得特别好？"一个同学问。

老师说，园艺场里的各种果树都是技术人员精心栽培的，所以果子才会结得又多又好吃，花儿才会开得特别美。

袁隆平一直生活在大城市，这是他第一次走进果园。这次参观真是一次难忘的经历，令他印象深刻。

在他心中，果园的技术员真了不起，他们像魔术师一样培育各种果树，结出的果子好看又好吃，栽种各种鲜花，花儿开得美丽迷人。他想，如果长大了做一个像魔术师那样的果园技术员，那该多好啊！

卢沟桥事变后，日寇悍然发动全面侵华战争，随即攻陷北平、上海，战火迅速向中国腹地蔓延。一九三八年秋，日寇逼近武汉，大批中国老百姓被迫踏上了漫长而艰辛的逃难旅途。许多逃难的人都是靠两条腿走，拖儿带女，背着布包，仓皇奔逃。

袁隆平一家七口人租了一只小木船逃出汉口，逆长江而上。风大浪急，船夫们吃力地摇着木桨。木船如乌龟爬行，一天只能行进十几公里。走了二十多天，船才到达湖南桃源。

跟着家人坐在逃难的船上，袁隆平觉得挺新

鲜，和弟弟追追打打，玩得非常开心。有一次，他被弟弟推了一把，往后退了几步，收不住脚步，咚的一声掉到江水里。他不会游泳，像个秤砣一样直往水底沉去。

弟弟吓得大叫。大人听见呼救声，立即钻出船舱来。袁隆平被一个在岸边洗菜的当地农民救出水。他全身都湿淋淋的。大人给袁隆平换上干净衣服，叫他不要和弟弟在船上追打了。可过了一会儿，他和弟弟又照样在船头快乐地玩起来。

天空中不时掠过画着日本国旗的轰炸机，追着逃难的人群扫射、投弹。饥饿和死亡威胁着这些无家可归的逃难者。

逃到桃源的第二天中午，他们突然听到警报长鸣，原来是日本轰炸机结队飞来了。袁隆平一家挤在逃难的人群里，躲在石拱桥下。

日本轰炸机丢下燃烧弹和炸弹，桃源县城立即乱成一片，传出剧烈的爆炸声，火光冲天。敌机离去后，袁隆平跟着老船工到街上，看到县城在空袭后变成了一片废墟，死伤无数，真是惨不忍睹。老船工痛恨地说："这是日本强盗犯下的罪孽啊！"

随身带的食物已经吃完，想买一点儿能吃的东西都十分困难。

袁隆平一家乘船在洞庭湖边寻找落脚的地方。几经辗转到了澧县，他们租住在澧州正街的一家药铺里。袁隆平进入弘毅学校读书，他后来回忆说："弘毅学校的老师教书很认真。语文老师是个老先生，蛮恶，背不得书，默不出字，用竹片打手板，打得好痛。"

战火纷飞，澧县也不是安居之地。全家人离开澧县，继续坐着木船进入洞庭湖，艰难地逆沅水而上，准备到湘西沅陵去。冬季的沅水变浅了，不能行船，他们只好返回洞庭湖。

逃亡路上充满艰难、辛酸和危险，袁隆平觉得越来越不好玩了。天气冷起来，缺少吃的东西，路途越来越艰辛。袁隆平和弟弟有时问："妈妈，我们还要走多久？要到哪里去？我们想回家。"孩子的问题，让大人感到苍凉和沉痛。

父亲决定带着全家溯长江而上，逃到更远的重庆去。快过春节了，袁隆平一家人坐船抵达湖北宜昌。

农历除夕夜,全家人待在江边的木船上。往年过春节,有各种好吃的,有许多好玩的,孩子们多高兴啊!可是,在逃难的木船上,在寒冷的江风里,父亲满脸愁苦,母亲暗暗叹息。

春节过后,一家人继续坐着木船在长江的滚滚波涛中艰难地逆水行进,颠簸了数不清的日日夜夜。一九三九年春天,他们历尽千辛万苦,经过数千公里跋涉,终于抵达了重庆。

袁隆平一家租住在长江南岸的一座民居里,门牌为周家湾狮子口龙门浩27号。

一家人安顿下来,母亲把凌乱的院子收拾得整整齐齐,种上花草,小院落里一天天充满生机。

跟着兴趣走

到重庆后,袁隆平插班进了离家不远的龙门浩小学。他的四弟上一年级,两个人每天结伴同行。

没过几天,袁隆平就结识了许多新伙伴。同住一条街上的同学家里有开茶馆的,有做木工活的,有开杂货铺做小生意的。袁隆平喜欢去那些地方玩。课余时间,他和伙伴们一起打石头,捉迷藏,划龙船,玩花灯,吃甘蔗,到茶馆里听评书,爬山,去私人牧场骑马。

袁隆平玩起来劲头十足,常常玩得精疲力竭才回家,刚穿了一天的衣服变得皱皱巴巴,常常是裤头翻卷,裤脚卷起。回到家里皮鞋只解开一只,另一只鞋带打了死结,他也懒得解。一只脚穿着皮鞋翘在床外,人倒在床上呼呼入睡。

好玩好动的袁隆平也有很安静的时候。他喜欢听评书,听了《西游记》《封神榜》《七侠五义》等有趣的故事,还能绘声绘色地讲出来。他崇拜故事里的英雄人物,其中最喜欢的角色就是"齐天大圣"孙悟空。这个神奇的美猴王翻一个筋斗十万八千里,上天入地,降妖伏魔,无所不能。袁隆平喜欢他的无拘无束、自由自在和他那神通广大的本领。

有时候,袁隆平带着弟弟到街边的书摊去看小人书,天黑了还不回家,好多次都是大人找来,拧着耳朵叫他们回家。袁隆平还特别喜欢看电影,他看过美国好莱坞二十世纪三十年代拍的许多影片,如《人猿泰山》《泰山得子》等。

袁隆平在学习上不发狠,成绩不拔尖,但也不是太差。他对课堂之外的天地更感兴趣,与伙伴们一起玩对他更有吸引力。他不仅阅读着课本,也读着社会和大自然这本大书。

那时候,一家人的生活都是由母亲安排的。

母亲是知识女性，性格温和，勤劳节俭。袁隆平淘气的时候，母亲耐心地跟他讲道理，要他"多读书，求进取，做好事"。父亲在部队找到一份工作，一个星期一般只能回家一次。父亲比母亲严厉得多，教育他们兄弟做人做事要规规矩矩，说话不能出格，在人前要讲礼仪，有坐相，不能跷脚。

战时的重庆，街头巷尾到处流落着无家可归的逃难者。有一天，袁隆平跟母亲一起上街，看到一群人在围观几个耍猴卖艺的人，其中一个老人双手抱拳，请求路人施舍。母亲十分同情他，拿出一角小洋钱送到那个衣衫破烂的老人家手里。母亲无声的行动在袁隆平的心里留下了深刻的记忆。

夏天到来的时候，袁隆平迷上了游泳。放学后，第一件事就是往江边跑，他脱掉衣服，一下子就扑到江水里。妈妈说："你还记得吧？去年坐船过桃源时，你落到江水里。怎么现在不怕水，反而天天泡在水里？"袁隆平说："会游泳就不怕水了，我要学会游泳。"

盛夏的晚上，袁隆平热得睡不着，跑到江边的木船上，那里有不少男孩玩伴。他们有时在船上乘凉，有时泡到水里。

重庆并不安宁，日本轰炸机不时飞来空袭，投下炸弹，烧毁房屋，炸死百姓。这让袁隆平想起难忘的逃难经历，脑子里冒出了问号：为什么中国人这么多，还受日本人的欺负？

敌机有时一天里要空袭好几次。敌机一来，人们赶紧"跑警报"，也就是跑进防空洞里躲起来。防空洞里光线暗，空气闷，袁隆平不喜欢躲在里面。趁着同学们往防空洞里跑，他却悄悄溜到江边游泳去了。

有一次，袁隆平带着弟弟一起逃学，到江里游泳。警报解除，学校放学了，父母还不见兄弟俩回家。正好这天父亲在家，他站在楼上拿军用望远镜四处瞭望，发现江边有两个小小的身影，仔细一看，竟然是袁隆平和弟弟。

兄弟俩被逮个正着，父亲严厉地问："你们为什么不上学，要逃课去游泳？"

"飞机来空袭，学校不上课……"袁隆平

跟着兴趣走　11

回答。

"你自己逃学,还把弟弟带去,要把弟弟带坏呀!"父亲生气地说。

按照家规,父亲给他严厉的处罚——挨打、罚背书、罚写字,然后才准吃饭。袁隆平原以为带着弟弟一起逃学游泳处罚会轻一些,没想到反而"罪加一等"。

见父亲动了怒火,母亲也不敢出来求情。直到父亲有事出门了,母亲端来煮好的鸡蛋,苦口婆心地劝导:"爸爸严格要求,是为了你好!你要好好读书,长大了才能成为有用的人。"

袁隆平在江水里泡了半天,又被教训了一阵,肚子早就饿得咕咕叫了。他一边抹着泪答应着,一边大口地吃东西。

母亲见袁隆平过于贪玩,就抽出时间教他们兄弟做数学题,唱电影里的英文歌曲。母亲上过外国人办的高中,做过小学老师,教育孩子很有耐心。袁隆平喜欢看外国电影,迷上了学唱电影里的插曲,从而对学习英语产生了兴趣。

他们家租住的小院经过母亲的精心打理,各

种花草生长茂盛。到了夜晚,花草丛中传出野虫的吟唱。袁隆平有时会学着母亲的样子给花草浇水施肥,也经常注意观察院子里的那些植物。

袁隆平渐渐懂事,不再逃学了。他仍然喜欢到江里游泳,泳技大有长进,与同伴们比赛总是技高一筹。游累了,他就躺在沙滩上晒太阳,或者和同伴们在草丛中捉迷藏,逮蚂蚱。

这些亲近大自然的宝贵经历使袁隆平形成了自信、乐观、开朗的性格。

爱提问爱思考

十二岁时，袁隆平进入重庆的复兴初级中学，成了一名初中生。这是一九四二年的初秋。

新开设的代数等课程比起小学的内容要抽象得多。不少同学采用死记硬背的方法记定理和公式，袁隆平不喜欢这样做。他习惯于在理解的基础上学习和记忆，喜欢独立思考，不懂的地方就提出来。

数学课上，学习"有理数"这一章，老师讲了一条乘法的重要法则：同号相乘的数取"+"号，并把绝对值相乘。老师说："这就是说，正数乘正数得正数，负数乘负数也得正数。"

袁隆平想，正数乘正数得正数，这好理解；

负数乘负数也得正数,这是为什么呢?他想不通其中的道理,就提问说:"老师,负数乘负数,为什么得正数?"

老师对他提的问题感到有点突然,停顿了一会儿说:"你们刚开始学习代数,讲到的法则记住就是了,按照这个法则进行运算就对了。"

心中的疑惑没有得到解答,袁隆平感到很不满足。他在心里想,数学怎么只需记忆,怎么这样不讲道理呢?

还有一次,老师讲到一个世界难题:角不能三等分。袁隆平觉得不好理解。他认为一个角应该可以三等分,比如一个九十度的直角,分成三个三十度,不是分得规规矩矩吗?但是老师说,这样分不对,就是不能三等分。

为什么角不能三等分呢?袁隆平放不下这个疑问。他感到这里面肯定有道理可讲的,只是自己想不出来,老师又没有把其中的道理讲清楚。这样,他的心中留下了一个大疙瘩。

他想弄清楚数学课遇到的那些问题,就和同排坐的一个同学商量,两个人结成对子互相帮助。

那个同学的数学成绩非常好，袁隆平做了一个晚上还做不出来的习题，他几分钟就解出来了，但他游泳不行，动作很不标准。两个人约定互相取长补短，袁隆平教他游泳，那个同学教袁隆平解数学习题。

袁隆平教会了那个同学游泳，有一次学校举办游泳比赛，那个同学得了二等奖。在那个同学的帮助下，袁隆平的数学也有了一些进步。

袁隆平不放弃心中的疑惑，总想弄个水落石出。他逐渐养成了一个良好的学习习惯，就是抓住问题不放弃，千方百计找答案。

袁隆平的哥哥袁隆津在博学中学上高中。初二时，袁隆平也转学到博学中学，开始了寄宿生活。

博学中学是一所男校，由英国人创办。它原来在汉口，迫于日本侵略者的炮火，从武汉迁到了重庆。学校的房子大多用竹片敷上黄泥筑成，简陋朴素。校园风景秀丽，绿树成荫，鸟语花香。学校不远处是懿训女中，风中有时传来优美的歌声，那是女中的学生在练唱。

当时学校条件很艰苦，师生们吃糙米饭，点桐油灯，十天半月才吃一次肉。但是校园生活丰富多彩，充满活力。校长胡儒珍博士具有现代教育思想。老师对同学们的学习要求很严，重视开展文体活动，鼓励全面发展。袁隆平很快适应了这种紧张而有节奏的生活，感受到课堂的吸引力。

一节物理课上，老师讲了著名的爱因斯坦方程式，即：$E=mc^2$。E 代表能量，m 代表质量，c 代表光速。光速是个很大的数，所以很小的质量中蕴藏着巨大的能量。这一点好理解，但为什么能量和光速的平方成正比呢？袁隆平想不明白，把问题提了出来："老师，为什么物质的能量和光速的平方成正比呢？"

这的确是一个难以解答清楚的问题，爱因斯坦本人也研究了好些年，才于二十世纪二十年代得出这个著名的公式。一般的中学教师是很难讲清楚这个问题的。老师表扬了他的问题提得好，并且举出生活中的事例加以解释。

老师说："比如1公斤煤，完全燃烧后释放出8000千卡热量，能把80公斤零摄氏度的冷水烧到100摄氏度。但如果把这1公斤煤的全部能量释放出来，竟有21.6万亿千卡。这相当于一个城市几年所消耗的电力。至于怎样才能全部释放这么大的能量，还在等今后科学技术手段的发展。"

老师这一番解释，让袁隆平感到思想开阔，加深了理解，他对物理这门课更加有兴趣了。

博学中学的英语教学很有特色，学生学习英语的气氛浓厚。学校规定其他课程不及格可以补考，但英语不及格就得留级。袁隆平在小学时受到母亲的影响，喜欢学习英语。现在学校的环境进一步激发了他的学习热情。

袁隆平所在的班有三位老师教英语。英国人白格里先生教阅读；他的夫人是英国籍华裔，教朗读和会话；教务主任周鼎先生教语法。

袁隆平勤于思考，摸索出一套适合自己的学习方法，成绩越来越优秀。他课余仍然喜欢游泳，喜欢参加各类班级活动。他阅读《泰戈尔诗选》《简·爱》《呼啸山庄》等文学名著和莎士比亚的作品，尝试阅读这些名著的英文版，觉得这是学习外语的一种有效方式。

一九四六年夏天，袁隆平从重庆博学中学初中毕业了。这年暑假期间，父亲调动工作到武汉，他们一家从重庆搬到了汉口。

令人兴奋的是，博学中学也带着抗战胜利的喜悦，从重庆迁回了汉口。就这样，袁隆平高兴地进入自己喜爱的母校读高中。

博学中学强调自由平等精神，鼓励学生发展兴趣，突出特长，宗教活动也不多，倒是文体活动开展得很活跃。校园生活多姿多彩，学生思维活跃，不受约束。同学们具有独立思考精神，敢于表达自己的见解。

在博学中学生活了四年多时间，袁隆平自由自在的个性得到健康的发展，独立思考能力进一步强化，无论是学习方面还是其他方面，都为以后的发展打下了良好的基础。

难忘的游泳比赛

　　袁隆平喜欢游泳，虽然没参加过正规训练，没得到过名师指导，却从不间断地坚持练习，乐此不疲。他从小学游到中学，从重庆游到汉口，游泳成了他越来越突出的一项特长。

　　一九四七年夏天，湖北省举行游泳比赛。博学中学决定选拔一些游泳尖子生参加这次体育盛会。

　　教体育的周老师负责选拔参赛选手的工作。他在爱好游泳的同学中挑了十几个彪形大汉，准备派他们去参加预选赛。高一年级的袁隆平虽然已经十七岁，但个子不高，看上去不起眼，没有被选上。

袁隆平主动找到周老师，说："周老师，我也报了名，怎么不让我去？"

周老师拍了拍他的肩膀，笑着说："呵呵，那你就去吧！"

听周老师的口气，好像是同意他去，又似乎是跟他开玩笑的样子。袁隆平将信将疑。他想，老师不反对他去，自己就应当去见识见识。

袁隆平确实很想到游泳赛场去闯一闯。他觉得那么多游泳高手在一起比赛，那场面一定挺精彩。至于能否被选去参加正式比赛，他想都不曾想。

第二天，被派去参加预选赛的同学集合出发了。周老师骑着自行车在前面带路，后面跟着十多个同学，也都骑着自行车，组成一支自行车队，浩浩荡荡地前行。

袁隆平不是正式选手，本来进不了比赛场地。他身子一纵，坐在一个同学骑的自行车后座上，跟着大家一块儿进了赛场。

到达预赛场地，周老师看到了他，笑着说："你既然来了，就试试看吧。"

袁隆平从没参加过正式的游泳比赛，现在到了热闹的比赛场地，感到新奇而又兴奋。他兴致勃勃地和同学们一块儿下了水。

比赛枪声一响，这个在龙门浩横渡过长江，闯过大风大浪的小伙子，舒展有力的臂膀，像一只海豚似的在水中奋力向前游去。

比赛结束，周老师大吃一惊——在全校派去参加预选赛的十多名学生中，袁隆平成绩最佳，获得汉口赛区男子一百米和四百米自由泳两个第一名。他是博学中学唯一被选去参加省里比赛的选手。

袁隆平对自己的成绩也喜出望外。他本来只是想到赛场去玩一玩，想在热闹的赛场长点见识，没想到居然拿了两个第一名，意外地成了一名成绩出众的获奖运动员。

接着去参加省里的游泳比赛，同学们为袁隆平鼓劲加油。面对更多的游泳高手，袁隆平信心十足，轻松自信地投入比赛中。他在赛场的表现让老师和同学们格外惊喜——他夺得了湖北省男子自由泳第二名的好成绩。袁隆平载誉归来，同学们在校门口热烈欢迎，把他抬起来，使劲地往空中抛。

一九四八年初，父亲调往南京工作，袁隆平全家人从汉口迁居南京。袁隆平转学进入中央大学附中，继续上高二。

那时候，人民解放军势如破竹，国民党军队不得民心，节节败退。南京城里物价飞涨，老百姓为了买一点儿粮食，在粮店前面排着长长的队伍。爱国青年举着"反饥饿，反内战"的横幅，走上大街游行。此时，人民解放军即将打过长江，解放南京城。

袁隆平读完高中，即将参加升大学的考试。报考哪一所大学呢？父母亲都在为他考虑这个问题。父亲希望他报考南京的重点大学，日后能有大出息。

十九岁的袁隆平喜欢过自由自在的生活，不想有太多的约束，对升官发财没有兴趣。他不愿意留在父母的身边，渴望开创自己的新天地。他记起小学时参观过的那个童话般的果园，觉得学一门实用技术，做一个农业技术人员，一定有

难忘的游泳比赛

趣。他了解到进农学院能学到培养瓜果的技术，心里就有了主意。

袁隆平对父母说："让我考农学院吧，我想考到重庆去上大学。"

父亲觉得儿子的想法不可理解，但也不好提过多的反对意见。就这样，袁隆平考取了重庆相辉学院农学系，高高兴兴地跳进了"农门"。

几十年之后，袁隆平接受采访时曾这样说：

"我是自愿学农的。我生长在大城市，可为什么学农呢？这个说起来很巧。我在上一年级的时候，大概六岁，在汉口，有一次郊游，老师把我们带到一个私人办的园艺场。哎呀，那个桃子红红的，长得特别好；那个葡萄，一串一串的；那个花也开得特别好。那时候，正好放映卓别林的电影《摩登时代》，那个牛奶一挤呀就出来了，葡萄一伸手就摘下来了。那是我从小的印象，记忆特别深。"

"农门"里的大学生活

袁隆平追随梦想的召唤,在告别龙门浩几年之后,又回到了心中眷恋的山城重庆。

相辉学院位于重庆北碚夏坝,距市区五十公里,地处嘉陵江畔,风景秀丽,气候宜人。抗战初期,复旦大学从上海迁到了这里。抗战胜利后,复旦大学迁回上海。一些留下来的复旦校友创办了这所学院,大家从马相伯、李登辉两名教授的名字中各取一字,给这所学院命名。

一九四九年八月,袁隆平进入相辉学院农学系四班学习。校园连着滔滔江流和绿色田园,他的大学生活与田园风光融在一起。来自四面八方的同学,经历了艰难的抗战岁月,都有报效国家的理想抱负,有扎扎实实的学风,有"天下兴亡,匹夫有责"的责任感,思想非常活跃。

宿舍比较拥挤,老师允许学生租住民房,自办伙食。袁隆平和几个同学一起住在宿舍里,有一段时间他们合伙做饭烧菜,自己动手,做得还不错。晚上,他喜欢到图书馆里看书自习。去图书馆的人多,袁隆平总是提前去占位置。

袁隆平性格开朗,生活上不拘小节,衣着朴素。衣服掉了扣子,他也无所谓,照样穿在身上。他对发型也不讲究,常年留着个自由头。同学提醒他要好好梳一梳,他说:"我这个脑壳就是这么个脑壳,我不管那么多。"

袁隆平在学习上有自己的方法。当时没有教材,上课就是听老师讲。袁隆平记笔记少,听得认真,理解深刻。课余时间,他和同学在一起评论时事,讨论学术。

他依然迷恋游泳,还迷上拉小提琴、踢足球、聊天、看电影、读外文版的小说,生活得自在快乐。这个文体活跃分子却不会跳交谊舞,是个"舞盲"。班长拉他去学跳舞,他见到女同学就脸红，赶紧逃跑。跳那种一板一眼的舞步，他可受不了。

袁隆平会跳另一种舞，就是那种让跳舞者自由发挥的踢踏舞。他从电影上看到跳踢踏舞很有意思，就模仿着跳起来，居然跳得有模有样。

一九四九年十一月，重庆解放了。袁隆平和他的同学们一样，充满了对新生活的美好憧憬。

一年后，重庆相辉学院农学系并入西南农学院，教学内容发生了很大变化。比如，遗传学原来学的是孟德尔、摩尔根的经典遗传学理论，现在改为讲苏联生物学权威米丘林、李森科的学说。外语课也不一样了，原来学的是英语，现在改为俄语。

袁隆平较快地适应了课程改革和教学内容的变化。他不想为追求得高分而学习，喜欢阅读课外书，表现出很强的自学能力。他不愿意把时间都花在教材和课本上，喜欢去图书馆和阅览室，阅读国内外的学术书刊，拓宽视野。

当时西南农学院的考试计分采用苏联的五分制，满分为五分。袁隆平觉得考三分就可以了，还编了一首歌谣在同学中流传："三分好，三分好；不贪黑，不起早；不留级，不补考。"真实地反映了他那种天性不受约束的特点。

袁隆平富有朝气和热情，积极参加学校各种活动。凭着良好的身体素质和突出的兴趣特长，他有两次差点被选拔离校，一次是去当飞行员，另一次是去当游泳运动员。

新中国刚成立不久，朝鲜内战爆发，战火烧到了鸭绿江畔。中国人民展开保家卫国的抗美援朝战争，西南农学院的师生也积极投入其中。

那时，新中国的人民空军刚成立不久，需要培养更多的优秀飞行员。一九五一年夏天，学校召开了参军动员大会，号召同学们报名参加空军飞行员选拔。袁隆平对日本飞机有切肤之痛，在逃难途中的湖南桃源，在重庆龙门浩江岸边，他目睹过日本飞机炸死中国老百姓的惨烈场面。另外，他觉得做一名飞行员驾着飞机在天上飞，有点像孙悟空腾云驾雾，是很好玩的事。他欣然报名，决定投笔从戎。当时西南农学院有三百多名同学报了名。

招空军飞行员体检很严格,有三十六个体检项目。袁隆平身体素质非常好,他和另外七名同学闯过一道道体检关。名单确定下来,这八名佼佼者即将成为空军培训学校的新学员,他们都感到非常高兴。可是,不久后学校却接到通知,要他们继续留在学校学习。那时是一九五二年,朝鲜战争到了谈判阶段,国家决定不招在校大学生入伍当飞行员了。当时全国的大学生人数不算多,国家希望他们在祖国建设事业上发挥更大的作用。

袁隆平另一次被选拔是一九五二年夏天,西南地区举行游泳比赛,他代表农学院参加这次体育盛会,获得男子一百米项目的第四名。如果获得前三名,就会被招进游泳队集训,可能去当专业的游泳运动员。那时候的游泳比赛只设男子一百米项目,没有五十米项目,袁隆平自己很清楚,他的实力和优势是游前五十米,速度跟当时的世界纪录是持平的。游后面五十米,他的耐力差一些。

袁隆平安心留在学校,继续学习。

大学即将毕业，袁隆平面临着一场考验。他内心留恋山城重庆，希望能留在重庆的农业科研机构工作。他在这个城市生活了十多年，这里已经成了他的第二故乡，长江和嘉陵江是哺育他成长的"母亲河"。学校举行的工作分配动员大会号召同学们到农村去，到祖国最需要的地方去，到最艰苦的地方去。

经过冷静思考，他想通了，作为新中国培养的第一代大学生，应该服从分配，为祖国的建设事业做出自己的一份贡献。

等待他的将是一所偏远山区农校的讲台，将是广阔的山地田野……

来到安江农校任教

一九五三年八月,袁隆平作为新中国的第一代大学毕业生,从西南农学院毕业后被分派到湖南。他从重庆乘船,顺长江而下,过三峡到武汉,转火车抵长沙。袁隆平来到湖南省农业厅报到,他被分配到黔阳地区安江农校当教师。当时湖南只有四所农业中专,安江农校是西边的一所。

袁隆平又从长沙出发,搭上一辆烧木炭驱动的老式汽车,往湘西大山区行进。公路在大山里绕来绕去,山势越来越陡峭,老牛似的汽车好不容易爬过雪峰山,到了黔阳县城。

黔阳位于雪峰山深处,是个偏僻落后的地方。

唐代诗人王昌龄曾被贬到这里，写下"醉别江楼橘柚香"的名句。安江农校坐落在距县城四公里的农村，周围群山环抱，校园古木参天，校舍与农田相接。校园后面，是那条清澈见底、急流奔涌的沅水。

学校当时缺少俄语教师，袁隆平被安排教俄语，这可不是他在大学里学的专业。但他没有推辞，静下心来，认真备课，边学边教。他采用口语提问的方式，让学生加强口语会话训练，课外教唱俄语歌曲，还指导学生与苏联学生通信，激发学习兴趣，收到了良好效果。

袁老师在课堂上讲到神采飞扬时看见黑板上写满了粉笔字，手指一缩，捏紧衣袖擦起黑板来。学生们见了立即发出愉快的笑声。

袁隆平是全校第一个外语过关的专业教师，不用查词典就能阅读英文和俄文的专业报刊。他用自己学习外语的体会启发学生要重视学好外语。他说，多掌握一门外语等于多打开了一扇获取知识的窗户，可以学到更多的科学知识。

袁隆平在课余时间坚持读书学习，个人生活

上的许多事情倒被忽视了，比如，一件衣服穿久了他也不换洗。有一次，教研组长通知他晚上开会，他答应了，却忘记去参加。组长第二天问起他时，他才想起来。这样的事情不止一次，他只要钻进那堆外文资料，往往就忘记别的事了。

每天晚饭后，他喜欢带着学生去游泳。校园后面的沅水成为他们天然的游泳场。男同学最喜欢的活动就是跟着袁老师去沅水里游泳，在深水里扎猛子，在江面上比谁游得快。有一年发大水，袁隆平还从滚滚洪流中救出了一个落水的人。

因为教学成绩优异，第二年袁隆平被调到遗传育种教研组，担任植物学、作物栽培、遗传育种等农业基础课和专业课的教学工作。他在大学里学的专业知识在课堂上派上了用场，在教学上更加如鱼得水。

袁隆平对待学问特别认真，教一门，钻一门，爱一门。他系统地学习和钻研专业知识，对从构成植物体的最小单位——细胞的构造开始，到根、茎、叶、花、果的外部形态，植物的生物学特性，以及遗传特性等进行系统深入的学习和研究。

这些生物学方面的内容袁隆平很熟悉，他重新学习和深入钻研，不只是复习一遍旧教材。他决定采取理论联系实际的办法，扎扎实实地结合实验，从最有利于教学的需要出发，加深对专业知识的重新认识。

为了在显微镜下观察细胞壁、细胞质、细胞核的微观构造，袁隆平刻苦磨炼徒手切片技术，十余次没有成功，就上百次地切。百余遍观察效果不理想，他就上千次地实践，一直到得到满意结果为止。

很多个晚上，他在实验室里做实验，待到凌晨一两点，到了废寝忘食的地步。

袁隆平注重把来自实践的感性认识与理论相结合，在课堂上讲解起来游刃有余，不被理论束缚。他讲课生动具体，富于启发性，很受学生欢迎。

备课时，他常常从学生的角度提出各种问题，尝试好几种解答的方式，找到容易为学生理解的一种。在备"植物开花结果"这一课时，袁隆平开始怀疑，到底植物繁殖有没有受精？是不是和动物一样？

为了找到答案，他走出课堂来到田间地头，为玉米的雌花套袋隔离。观察表明，雌花因得不到雄花的花粉无法受精，不能结实。袁隆平感慨地说："即使像这样浅显的问题，如果教师钻研不深，就不可能给学生讲透讲好。要给学生一瓢水，教师必须有一桶水。"

袁隆平在教学上注重亲自动手示范，让学生动手做实验，培养动手能力。他还带着学生到山上采集植物标本。课本上涉及的生物，只要能采集到标本的，都被搬到了课堂上。无法采到的植物，袁隆平便想方设法弄来实物图。有些图特别小，放在黑板上同学们几乎没法看清。这一点儿也难不倒袁隆平，他请助手们帮忙，找来幻灯，将白纸钉在墙上，用幻灯将图画的轮廓投影到纸上，再用铅笔在白纸上细致勾画。一张小小的图画就这样被精确地放大了。他独创的扩图法被其他老师竞相效仿。

在袁隆平的影响下，学校里一度掀起了生物科研的热潮。几乎每个班都成立了科研小组，经常开展各种各样的科研活动。

这种提倡动手动脑，实践出真知的学习方式影响了学生们。很多学生对生物学产生了浓厚的兴趣，他们扔掉枯燥呆板的课本，把广袤的大自然当成最好的课堂，贪婪地吸吮着来自大地的厚重的知识养料。

袁隆平向校长提议，在教室走廊和校园其他合适的地方安放玻璃盒，内装学生亲手采来的昆虫标本，把课堂知识的学习与实践结合起来。

这些毫发毕见的标本在校园里引起了轰动。每到下课，标本盒前人头攒动，只听一片啧啧称奇声。一位叫钟敦礼的学生因此对昆虫分类产生浓厚兴趣，改学植物保护专业。多年以后，凭借着在学校里打下的扎实的基础和长时间的细致观察，他从事的褐飞虱研究在国际上引起了轰动。一位叫毛金玉的同学周末去镇上买了几两荞麦种子，播种到一小块开垦的荒地里，从播种到发芽、长叶、开花、结实，一天一观察，三天一记录，遇到疑难问题就一头扎进图书馆。最后，他将自己的试验所得编写成一本科普读物，在出版社出版了。

这批学生是新中国成立后招生并培养出来的第一批到基层工作的专业农技人才。他们离开学校后，像蒲公英的种子一样飞向天涯海角，深深地扎根大地。

有时候，大大咧咧的袁隆平却心思细腻。班上有个叫杨楚书的男孩，个头高，爱体育，篮球、足球等样样拿手，奇怪的是学校的比赛他从来不参加，谁劝他去他就脸红脖子粗地跟人急。袁隆平悄悄地观察了他一段时间，发现了一个令人心酸的秘密。这个高个子男孩家境贫寒，连件运动服都没有，个头长得快，几年前的长裤穿在身上就成了七分裤。十六七岁正是敏感的年纪，自尊心强的他宁愿舍弃心爱的比赛。

这天放学后，杨楚书在走廊上和袁隆平撞了个正着。袁老师一把逮住他，将一条崭新的白洋布运动裤塞进他怀里。"这该死的裤子我穿太长了，有一回还踩到裤脚，狠狠地摔了一跤。哈哈，我瞅着你个子高，也就你能穿。"少年心头一热，还来不及道一声谢，袁老师早就大笑而去。

袁隆平似乎有火眼金睛，果然料事如神。后来，比赛场上，总是活跃着一个穿着白色运动裤的男孩。体育老师很好奇，袁老师用什么妙计说服了这个像犟牛般倔强的男孩。袁隆平秘而不宣，开怀大笑。这件事令杨楚书铭记终生。在那个物资匮乏的年代，它的意义远远超过了一条裤子。它让一个内心热爱体育的少年，有勇气站在人群中间，展示自己的青春活力。

袁隆平业余时间拉小提琴，引起了同学们的好奇。一天晚上，几个男生推推搡搡地来到了袁老师的宿舍门口。

"干什么呢，神秘兮兮的？"袁隆平问。

李俊杰被大家推到前头，这个腼腆的大男孩挠了挠脑袋，不好意思地说："我们想跟您学拉小提琴。"袁隆平笑了，转身取来小提琴，往他手里一塞："你拉拉看。"

李俊杰折腾了好一阵，愣是连半点声音都没

弄出来。

"唉，想当年我刚碰到小提琴，至少还拉出了几声嘶哑的公鸡惨叫声啊。"袁隆平摇摇头，大家都笑了。笑声未落，一声嘶鸣响起，李俊杰把小提琴拉出声音来了。

从那以后，这一幕时常在袁隆平的房间里上演。过了好一段时间，李俊杰终于艰难地拉出了《在那遥远的地方》和《小夜曲》。

在此后的班会活动上，小提琴演奏成了毫无悬念的节目。学校的联欢晚会上，大家甚至像模像样地上演了一场小提琴伴奏歌唱演出：李楚甲和谢长江演唱，李俊杰用小提琴伴奏。偶尔，袁隆平在掌声中走上台去，也拉一首曲子。

这在当年可是罕见的西洋乐器，在穷乡僻壤的湘西，别说听人拉，很多人见都没见过。班上会拉小提琴的男孩顿时"身价倍增"，时常被请到别的班去表演一曲。

那些年，袁隆平在教好专业课的同时，始终把精力放在对专业知识的钻研学习上，他想在农业科研上做出一些成绩来。

根据苏联学者米丘林、李森科的理论，他尝试进行无性杂交的试验，把月光花嫁接到红薯上，希望地下长出红薯，藤上的月光花也能结出籽，可以作为繁殖下一代的种子。又把西红柿嫁接到马铃薯上，希望地下长出马铃薯，茎上结满西红柿。还把西瓜嫁接在南瓜上，希望得到新型的瓜种。这些试验的目的，是为了获得优良的无性杂交品种，提高农作物的产量。

长年在田地里做试验，袁隆平的皮肤被晒得黑黑的，同事们给他取了个"刚果布"的外号。他那乐观自信的笑容，也被同事们称为"'刚果布'的笑容"。

袁隆平的试验田里，嫁接的作物成活了，长势不错。只是月光花与红薯的生长期不完全同步，为了达到让月光花在短光照下结籽的目的，袁隆平把自己的床单和被单用墨水涂黑，拿来给试验作物遮光。周围有的人见了感到很可惜，说他是个"败家子"。

试验的初步成果出来了：红薯地里，根下长出大红薯，藤上的月光花结出了"红薯种子"；

另一块地里，土里挖出了马铃薯，茎上结了西红柿！

收获的时候，许多人都跑来看稀奇。当地报纸的记者也来采访，报道写得鼓舞人心，这件事成了一条引人注目的新闻。

学校领导为此感到很高兴，觉得袁隆平为安江农校争了光，推荐他去参加全国农民育种家现场会。

袁隆平到长沙参加会议，心里却闷闷不乐。他清楚自己的那个试验才进行了一半，还不能判断是否成功。

第二年，也就是一九六一年，袁隆平把月光花结的"红薯种子"播到试验田里，长出的苗和以前的月光花苗没有什么不同，但正像他所担心的那样，嫁接结出来的种子不能把上一代的优良性状遗传下来，试验以失败告终。

袁隆平陷入思索之中，对米丘林、李森科的学说产生了怀疑。课堂上，他对学生讲了试验失败的事实，并把学生带到试验田里，告诉大家：科学是老老实实的学问，来不得半点虚假，不能被别人的赞扬所迷惑，更不能欺骗自己。袁隆平决定深入研究各种学说，包括在西方流行的孟德尔和摩尔根的遗传理论。

孟德尔是十九世纪奥地利的一位生物学家，他通过豌豆杂交发现了生物的遗传法则，创立了遗传基因学说。摩尔根是二十世纪初美国的生物学家，在孟德尔学说的基础上，进一步发现了基因染色体的遗传规律，获得了一九三三年诺贝尔生理学或医学奖。他们的学说当时并没有得到社会主义国家学术界的认可。

袁隆平静下心来，决心重新寻找新的课题和思路。

饥饿的启示

三年困难时期，粮食限量供应，肉类食品更是少见，学校食堂里做的是双蒸饭，里面加了苏打，经过两次蒸煮，米饭的体积增大了许多。刚吃完饭时，感到肚子被撑得很饱，可是很容易就消化了。

袁隆平和几个同事就把自己种在菜园里还未长大的小萝卜扯来，又弄了一些红薯，煮了一大盆，用来充饥。

这几年的艰辛也在袁隆平心灵上留下深刻的烙印，他决心在农业科研上做出成绩来，培育出好种子，提高产量，让人们不再饿肚子。

不久后，他带着四十多名农校学生到黔阳县

硖州公社秀建大队参加生产劳动。一天，房东老乡冒雨挑着一担稻谷回来。他告诉袁隆平，这是他从另一个村子换来的稻种，这个品种的产量要高一些。

老乡还说："施肥不如勤换种。"

袁隆平从老乡的言谈中再次认识到：改良品种对提高产量有着重大意义。

一九六二年，袁隆平从《参考消息》上看到一条消息：英美遗传学家克里克和沃森根据孟德尔、摩尔根的学说，已研究出遗传物质的分子结构模型，即DNA分子双螺旋结构，从而使遗传学研究进入了分子水平。实际上他们的这项研究结果在一九五三年就已公布于世，直到一九六二年才获得了诺贝尔奖。

结合自己的科研实践，袁隆平感到有许多困惑。他对待专业上的疑问从来是抓住问题不放松，想方设法找答案。

这年暑假，袁隆平决定自费到北京了解最新的信息资料，拜访有关的专家，以解开心中的疑问。他从安江坐上汽车，在尘土飞扬的马路上颠

饥饿的启示

簸几个小时，到了怀化；再搭上火车，经过十多个小时的旅程，到达湖南省会长沙；又从长沙乘火车，经过二十多个小时的旅程，一路风尘仆仆地到了北京。他在旅途中困了就在座位上打会儿瞌睡，饿了就掏出背包里带的饼干吃。

袁隆平去北京农业大学[①]请教专家，在中国农业科学院图书馆里阅读到许多在基层无法找到的外文资料。他从一些学报上了解到，遗传学不仅在理论上取得重大突破，在生产实践中也取得了明显效益，美国、墨西哥等国家的杂交高粱、杂交玉米、无籽西瓜等试验获得成功，早已广泛应用于生产，只剩下水稻的杂交优势利用技术尚未取得重大突破。

袁隆平陷入深深的思索之中。他看到李森科学说解决不了的问题，孟德尔、摩尔根学派的学者却解决了。他在相辉农学院时认真钻研过孟德尔、摩尔根的学说，现在他再一次被他们的经典遗传学理论深深吸引。

---

① 现为中国农业大学。

袁隆平当时只是一个普通的山区农校教师，心中却装着一个关系到人类生存的重大问题。

这一次远行，对他以后的科研事业具有非同寻常的意义。

后来在回顾早期从事科研的坎坷经历时，他感慨地说："幸亏我猛醒得早，如果老把自己拴死在一棵树上，也许至今还一事无成。"

袁隆平跳出了原来的小圈子，决心踏上更加广阔的探索之路。

发现"天然杂交稻"

一九六〇年七月,袁隆平有过一次令人惊喜的发现。

那天上完课后,他拿着教科书直接走到校外的早稻试验田边。稻田里,金黄的稻穗已经勾头,丰收在望。

突然,袁隆平被一株与众不同的水稻植株吸引住了。它在稻丛中格外显眼,长得特别高大,株型优异,穗大粒多。

袁隆平立即走下田埂,踏进稻田里凑近观察,伸手轻轻捧起稻穗。

他数了数那株水稻的穗数,又细心地数了每个稻穗上的谷粒数。这株水稻有十余穗,每穗有壮谷一百六七十粒。

当时常规品种的水稻稻穗一般只能结一百粒左右稻谷，这株不同寻常的水稻穗数和谷粒数量远远多于常规的稻株。

袁隆平赶紧找来布条，给这株特殊的稻子扎上记号。他心情激动，心想，这说不定就是自己要找的优良育种材料。

收割的时候，他特地把这株稻子结的金灿灿的谷粒单独收藏起来，留作试验用的种子。

第二年春天到来了，田野里传来一阵阵布谷鸟的叫声。

袁隆平满怀希望地把试验种子播在田里，指望能长出一垄植株壮硕、穗大粒多的稻子。每天上完课，他就往试验田里跑，一边照料那些稻子，一边观察它们细小的变化。

夏季的一天，突然响起震天动地的炸雷声，接着下起暴雨。人们纷纷四处躲雨，只有袁隆平往雨里跑，同事们以为是炸雷让他受到惊吓，赶紧跟去。原来他是跑到试验田里，去照料他的试验稻。

那片稻子一共有一千零二十四株,每一株他都非常熟悉,都是他的希望和宝贝。随着稻子的生长发育,袁隆平的心情越来越沉重,感到很失望。它们长得高的高,矮的矮,从怀胎、抽穗到成熟,有的早,有的迟……比起去年那株奇异的稻子,眼前这些稻子显然优势完全退化了。

袁隆平看在眼里,心里很沮丧。他拍拍裤腿上的泥土,准备离开。忽然,一个念头像闪电般地照亮了他的大脑。他想起了孟德尔、摩尔根的遗传学理论,用其中的分离律来看,纯种水稻品种的第二代是不会有分离的,只有杂种第二代才会出现分离现象。照此逆向推理,眼前的稻子发生了分离,那么,去年那株穗大粒多的稻子,就应该是一株杂交稻。

可是,那株杂交稻从何而来呢?

"天然杂交稻!"袁隆平兴奋不已地断定。

经过认真分析,他肯定了自己的判断。那株穗大粒多的稻株是"天然杂交稻"的杂种第一代!它只有一种形成的可能,就是在自然环境下天然杂交而成。

他激动地想，如果能探索出水稻天然杂交的秘密，找到水稻天然杂交的规律，就一定能培育出人工杂交水稻。这样就能大幅度提高水稻的产量。

花了两年时间获得了这一宝贵的启示，他高兴得跳了起来。

他又走进试验田，仔细观察研究。高的、矮的、早熟、迟熟……他把高低不齐的分布情况一一弄清楚，把每个稻穗结的谷粒数都数出来，并且做了详细的记录。回到宿舍，他反复统计运算。结果证明，他所观察到的现象完全符合孟德尔的分离律！

袁隆平决心把研究杂交水稻作为自己的科研课题。

他对这一课题的难度是有清醒认识的。早在一九二六年，美国人琼斯发现了水稻雄性不育现象。二十世纪五十年代，日本科学家就开始研究杂交水稻，美国、菲律宾的国际水稻研究所也在从事这项研究。尽管他们有先进的设备，有充足的科研经费，有众多的科学家组成的研究团队，但科研进展缓慢，并未取得突破性成绩。

　　国际上的水稻专家经过多年的探索，都在这道难题面前碰了壁。他们得出结论：水稻属于"单颖果植物"，一朵花只结一粒种子，杂交优势很难利用，制种尤其困难，无法应用于生产。

　　杂交水稻研究是一道世界公认的科研难题！

　　袁隆平认为，中国是古老的农业国，有着丰富的水稻种质资源，有着辽阔的国土和充足的温光条件。他想，外国人没有搞成功的，难道中国人就不能把它搞成功吗？

　　他决心勇敢地探索下去。

要解世界难题

水稻的发源地在我国南方,远古的河姆渡人就已经种植水稻了,距今已有七千多年的种植历史。

后来,水稻的种植不断向北和向高海拔地区发展,使原来生长在南方的籼稻不断分化,形成现在众多的水稻品种。按稻谷类型分,有籼稻、粳稻;按米质黏性来分,有糯稻、非糯稻;按生育期长短来分,有早稻、中稻、晚稻;按栽培制度分,有单季稻、双季稻、再生稻等。

袁隆平从那株穗大粒多的"天然杂交稻"看到了杂交的优势,国外对杂交玉米、杂交高粱的成功试验,使他坚定了继续研究杂交水稻课题的决心。

杂交水稻是通过不同的水稻品种进行杂交而产生的。水稻是自花授粉作物，常规水稻都开雄花和雌花，自花授粉，结出谷粒。

要进行两个不同稻种的杂交试验，先要把一个品种的雄蕊杀死（专业术语叫作"去雄"），然后将另一品种的雄蕊花粉授给去雄的品种，这样结出的谷粒才是杂交水稻。可是，如果用人工方法在数以万计的水稻花朵上进行去雄授粉，工作量极大，效益将很差。人工去雄的方式根本不可能解决实际生产需要的大量稻种。

袁隆平借鉴国外杂交玉米、杂交高粱的成功试验，查找资料，进行田间调查，苦苦地设计着攻克试验难题的具体方案。

他首先要找到一种雄花发育不好、不能自花授粉的"雄性不育株"作为杂交试验的材料。它的雄蕊瘦小退化，靠自己的花粉不能受精结籽，而必须依靠另一品种的雄花进行杂交才能结籽。

如果找到"雄性不育株"，就用它做母本。把其他品种的水稻和它栽种在一起，为它提供雄花授粉。这样才能进行杂交水稻试验。

为了不使母本断绝后代，要给它找两个杂交对象。

这两个对象的特点各不相同：第一个对象外表极像母本，但有健全的花粉和发达的柱头，用它的花粉授给母本后，生产出来的水稻具有雄性不育的特征。它长得和母亲一模一样，也是雄蕊瘦小退化，没有生育能力的母本。另一个对象外表与母本截然不同，一般要比母本高大，也有健全的花粉和发达的柱头，用它的花粉授给母本后，生产出来的水稻具有雄性可育的特征，长得比父本母本都要健壮。这就是我们需要的杂交水稻。

一个母本和它的两个杂交对象，人们根据它们各自的不同特点，分别起了三个名字：母本叫作不育系，它的两个对象，一个叫作保持系，另一个叫作恢复系。它们被简称为"三系"。

经过精心设计，攻克难题的方案形成了：利用水稻雄性不育性，培育出不育系、保持系和恢复系，通过"三系"配套的方法代替人工去雄杂交，来产生大量的杂交种子。

不育系、保持系和恢复系，缺一不可，必须互相配套，珠联璧合，才能达到成功培育杂交水稻的目的。这就是他设想的"三系法"杂交水稻。

袁隆平构想，杂交水稻试验分三步走。

第一步：寻找天然的"雄性不育株"。这是培育不育系的基础。

第二步：筛选和培育保持系。用它和雄性不育系杂交，后代永远能保持雄性不育的性状。

第三步：筛选和培育恢复系。它和雄性不育系杂交，得到的种子长出禾苗后，恢复雄性可育的能力，能自交结实，增产优势显著。这就是大田生产需要的杂交水稻。

按照这个思路，首先要找到天然的水稻"雄性不育株"，作为育种材料。

袁隆平从那株"天然杂交稻"推断，"雄性不育株"肯定是存在的，它的特点是发育不好，雄蕊呈现病态。他决心要把它找出来。

可是，怎样才能找到天然的"雄性不育株"

呢?这个"雄性不育株"他从来没见过,中外资料上也从来没有登过照片,要在成千上万亩水稻田里找一株特殊的稻穗,无异于大海捞针。

袁隆平不怕艰难,他走进茫茫绿海的水稻王国,开始寻找起来。

寻找病态的雄花

一九六四年夏天,骄阳似火。安江农校的试验田里迎来早稻扬花的季节,水稻正在阳光照射下吐穗扬花。

袁隆平走在稻田里,一垄一垄地寻找着。他一手拿着镊子,一手握着放大镜,不时地停下来,用放大镜观察扬花的稻穗。他移动身子的时候,放大镜的镜片偶尔反射着阳光,闪动着斑斑亮点。

他看到的所有稻穗都开出正常的花朵,雄花和雌花都很健全。他要寻找的"雄性不育株"偏偏是不正常的稻穗,它的雄花是病态的,是不能授粉结籽的。

一天过去了，又一天过去了，袁隆平还是一无所获。

汗水浸湿了衣服，太阳晒得胳膊脱了皮，他仍然坚持不懈地寻找着。

到了第八天，他改变了战术，决定一穗一穗地观察。这样，劳动强度更大了。他心里清楚，稻穗扬花就十多天的时间，错过这个季节，又要等到明年。

尽管气温持续升高，头顶烈日蒸腾，脚下的烂泥巴都晒热了，袁隆平仍然在坚持不懈地寻找着。

那种退化了的水稻不孕雄花到底是什么样子，当时国内还从来没有人见过，书上也从来不曾有过图片或文字介绍，袁隆平也没有看到过。

他从理论上推断，而且坚信安江的稻田里一定存在这种不孕雄花。然而要从数不胜数的稻穗中把从未见过的不孕雄花找出来，谈何容易！那"养在深闺人未识"的"雄性不育株"，到底是一副怎样的真面目呢？

袁隆平知道，外国人搞玉米、高粱杂交都是

找到了"雄性不育株"才打开了突破口。无论有多么困难,他一定要找到水稻中的"雄性不育株"。

忽然一阵晕眩,两眼直冒金星,双腿酸软得迈不动步子,袁隆平意识到自己中暑了。他挣扎着爬上田塍,来到苦楝树下,取下挂在树上的水壶,喝了几口水,吃了几片清凉片,休息了一会儿,才缓过气来。

这时,他的妻子邓哲到田边给他送茶来了。三十四岁的袁隆平在这年春节刚结婚,妻子邓哲是他以前教过的学生,现在成了他科研上的助手。他们结婚的时候,袁隆平对当时叫邓则的妻子说:"你的名字'则'在四川话里与'贼'同音,我给你改成'哲',怎么样啊?"从此,妻子就改名为邓哲了。

邓哲看着袁隆平辛苦的样子心痛不已。她也挽起裤脚,下到水田里找起来。

日复一日地观察寻找,袁隆平和邓哲体会着"大海捞针"的艰难。

他们坚持寻找了十六天,日历翻到了七月五

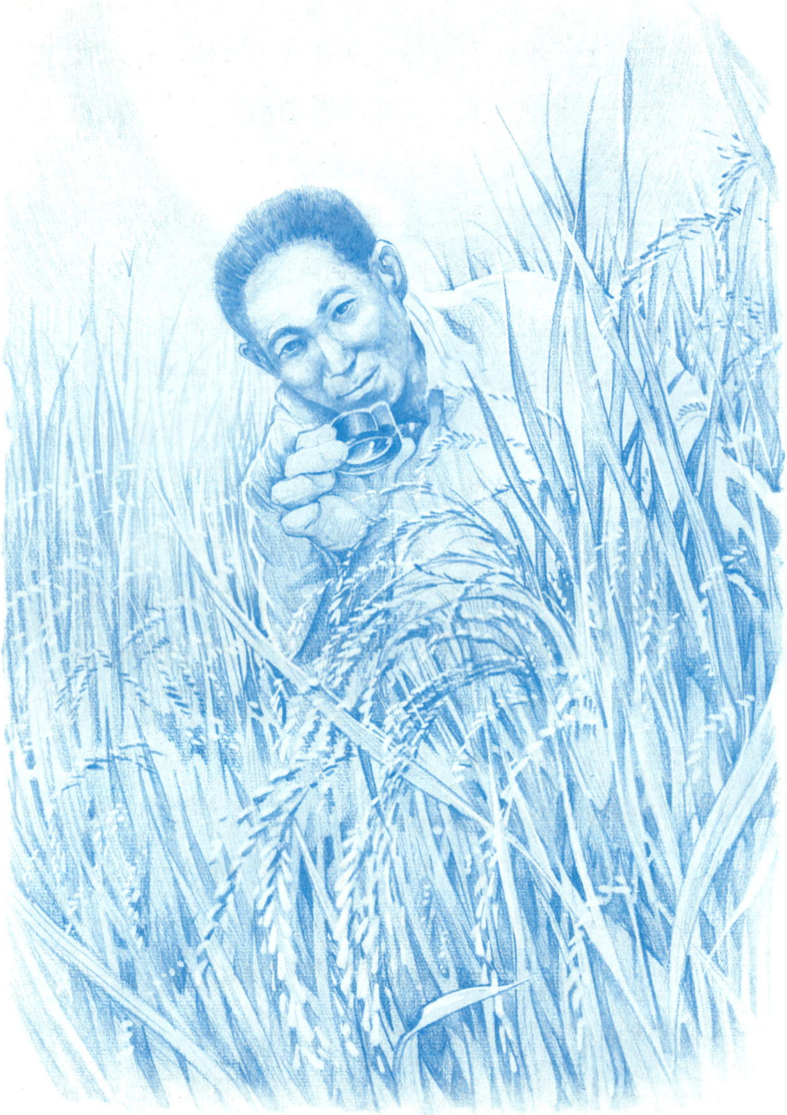

日。袁隆平在一块洞庭早籼品种的田里寻找着。突然，他的目光在一株性状奇特的植株上停住了。那株水稻的稻穗上，大多数颖花的花药不开裂，雄蕊瘦弱寡白，发育不全。

"这不是退化了的雄花吗？"袁隆平惊喜极了。这么多天以来，他还是第一次见到这样奇异的雄花。

正常的水稻开花，颖花张开，雌蕊较小，雄蕊却壮观漂亮，蕊上布满鲜黄色的花粉，一有风吹就把花粉洒到雌蕊上，让雌蕊受粉，从而繁殖出种子。但这一植株上的稻花，雄蕊个个瘦弱寡白，除了花药不开裂的特征，震动也不散粉。这样的雄蕊，基本上可以断定是不能繁育的。

袁隆平看了又看，用放大镜仔细观察，那确实是病态的雄花。他用红布条在这株稻子上做了标记，并采集了花药，带回去做实验。

夜里，在实验室的灯光下，袁隆平用镊子取出一些花药，放在显微镜的载玻片上，再用镊子将花药压碎，调好焦距，仔细观察，证实了白天的观察判断。那些发育不全的雄花花粉很少。

他又取了一个吸管,从盛着碘化钾溶液的玻璃皿中吸了一点儿滴在载玻片的花粉上,然后再从显微镜中仔细观察。这是采用碘化钾染色法进行实验。一般正常的花粉,在这个实验中呈蓝色。可是过了许久,仍不见花粉与碘化钾溶液产生化学反应。这证明它的化学性质与正常花粉不一样。袁隆平充满了信心,得出了科学的结论:他找到的这个奇特的植株,确实是一株货真价实的"雄性不育株"。

袁隆平激动不已,简直欣喜若狂。他苦苦找了三年,这次连续寻找了十六天,终于在茫茫的常规水稻中找到了"雄性不育株"。他用智慧和辛劳的汗水,获得了开启神秘的水稻王国大门的第一把钥匙!

他在笔记本上记下:

第一株水稻天然雄性不育株
发现时间:1964年7月5日午后2时25分
发现地点:安江农校水稻试验田
水稻品种:洞庭早籼

不过,袁隆平觉得这一发现还过于偶然和单薄,用它还不足以说明问题。他还要找到更多的天然雄性不育株,对它们的病态、病因进行分类和科学统计,总结出规律来。

一九六五年和一九六六年,连续两年的水稻扬花季节,袁隆平和妻子邓哲继续在稻田里艰苦地寻找。他们前后共检查了一万四千余个稻穗,又找到了五株"雄性不育株"。试验测算表明,水稻的雄性不育的发生概率为大约三千分之一。稻子成熟时,他们采收了那些"雄性不育株"上自然授粉的种子,留作试验材料。

袁隆平找到"雄性不育株",标志着我国杂交水稻研究的开始。那时候,菲律宾、美国、印度和日本的水稻育种试验已经启动。

而中国的袁隆平,在没有任何科研机构支持,没有任何研究经费和捐款的情况下,在信息不畅、条件简陋的偏僻山区,孤身一人,与国际上研究经费充足、研究机构齐全的育种专家,同时站到了科研竞赛的起跑线上。他走上的将是一条充满艰辛的科研之路!

写出第一篇论文

袁隆平把那些种子视为珍宝,含辛茹苦地加速繁殖。他亲自耕地、播种、施肥,仔细观察它们在每个生长发育阶段的细微变化,并一一做了详细记录。对其中成熟早的,当年就将部分种子进行"翻秋"播种,继续试验;其余的种子在次年春播,进一步观察研究。

经过两个春秋的栽培试验,袁隆平对水稻雄性不育材料有了较多的感性认识。这时候,妻子邓哲给了他一个天大的喜讯:他快要当爸爸了!真是双喜临门。

为了加速试验,袁隆平打算自费买六十个大瓦盆。他一心扑在水稻杂交研究上,对家里的经济状况并不了解。结婚后一直就是一家四口,岳母和妻子的侄儿也和他们一起生活,儿子又即将出生,家里哪里拿得出买试验盆的钱呢?

袁隆平体谅家里的难处,自己另想办法。他带着学生从窑厂的废品堆里捡出一些缺边烧歪的瓦盆,用板车拉回来。就这样,他开始了盆栽试验。

"何苦在这些瓦盆之间折腾呢?"几个和袁隆平关系不错的同事见了,带着劝诫的口气说,"往菜地里多花点功夫,长出的蔬菜还能吃。你把时间都花在这些禾苗身上,到底有多大的希望?也许还会惹来麻烦,到时候说都说不清楚。"

袁隆平知道,他们可不是故意泼冷水,其实话里包含着深厚的友情和善意。但是他觉得,即使有百分之一的希望也应该抓住它,看它能不能变成百分之百的现实。若是失败了也怨不得别人,如果不尝试到底,那才真叫没出息。袁隆平乐呵呵地笑起来,撇开话题说了几句开玩笑的话,把他们送走,又继续照料和观察自己的试验禾苗。

一九六五年秋天，盆栽试验结果显示，天然雄性不育株的人工杂交结实率可高达百分之八十甚至九十以上。经杂交繁殖出来的后代，有的继续保持了其母系亲本的雄性不育特性。

这些试验表明：水稻的雄性不育特性可以遗传，这个发现让袁隆平非常兴奋。他想，利用水稻雄性不育特性的遗传效应，完全有可能通过少量的天然雄性不育株，培植出一个庞大的雄性不育系。这就为人工进行杂交制种提供了可能性。

袁隆平深受鼓舞，试验证明了他的设计没有错，利用杂交优势获取优质稻种的理念有了坚实的现实基础！

一九六五年十月，经过一番思考，他把两年来获得的科学数据进行分析整理，写出第一篇关于杂交水稻的重要论文《水稻的雄性不孕性》。

他写道——

水稻具有杂种优势现象，尤以籼粳杂种更为突出，但因人工杂交制种的困难，到现在为止，尚未能利用。显然，要想利用水稻的杂种优势，首先必须解决大量生产杂种的制种技术。从晚近作物杂种优势育种的研究趋势和实际成果来看，解决这个问题的有效途径，首推利用雄性不孕性。

……

这篇文章用科学的数据详尽地论述了水稻具有雄性不孕性，还进一步预言：通过进一步选育，获得不育系、保持系和恢复系，实现"三系"配套，利用杂交水稻优势，带来大幅度的粮食增产。

这是国内外第一篇论述水稻的雄性不育性的论文，标志着我国杂交水稻研究迈出了坚定的第一步。

一九六六年二月，袁隆平这篇论文发表在中国科学院的院刊《科学通报》第十七卷第四期上。

当时的国家科学技术委员会领导读了这篇文章，认为这项研究对国家的水稻生产具有重大价值，就给湖南省科学技术委员会和安江农校发了公函，责成他们大力支持袁隆平的研究工作。论文发表在国家最权威的科学刊物上，三十六岁的袁隆平深受鼓舞。

五一劳动节那天，袁隆平当爸爸了。妻子邓哲生下一个儿子，他喜滋滋地给儿子取名为"五一"。他没有多少时间待在家里照顾母子俩，那些试验盆里的禾苗等着他去照料。

试验遇到了阻碍

安江农校试验园边的空地上，摆放着几十个瓦盆瓦钵。钵盆里长着一株株青翠的禾苗，那是袁隆平用来培育禾苗的试验盆。有个年轻人经常出现在那里，看到盆里水干了，提桶打了水来，往盆里添上水。他叫尹华奇，是袁隆平担任班主任的农作物23班的学生，二十三岁。他学习勤奋，喜欢参加课外的各种试验。尹华奇对袁老师搞的杂交水稻研究产生了很大的兴趣，开始给袁老师当助手。他手脚勤快，学习劲头足，深得袁老师的喜爱。

尹华奇跟袁隆平做盆栽水稻试验，引起了同学李必湖的注意。他比尹华奇小两岁，人很机灵。他好奇地打听：袁老师的试验有什么奇特之处？

尹华奇告诉他，这个试验目前还看不出有什么奇特，不过，袁老师写的论文刊登在中国科学院的刊物上。

李必湖也想跟袁老师好好学。他是农作物24班的，担心袁老师不收他。他大着胆子找到袁隆平，自告奋勇地说："袁老师，我想给您做徒弟，和尹华奇一起参加水稻试验。"

袁隆平笑着说："给我当徒弟要吃得起苦啊，紧张的时候，星期天都没的休息。你怕不怕？""苦算什么？从小到大什么样的苦我没吃过？说实话，我到了学校，才知道有星期天。"李必湖憨厚地回答。

"嗬！决心不小。不过，这可不是一天两天的事，这是个缠磨人的事，你不要到时后悔呀！""我不会后悔的。"李必湖赶紧说。

"做这个试验很辛苦，也不能多拿工资，又吃苦又吃亏哪！"袁隆平还是不放心地补了一句。李必湖态度坚决，表示不怕吃亏，只想跟着袁老师多学知识，再苦再亏也心甘情愿。袁老师高兴地收下他当助手。

从这以后，袁隆平不再是单枪匹马研究杂交水稻了。无论是盆盆钵钵之间，还是田间地头，都成了师徒三人探索杂交水稻奥秘的大课堂。

袁隆平看着两个年轻的学生勤快好学，对水稻栽培试验充满热情，心里非常高兴。他几年来独自从事的事业，现在有了两个年轻人的热情参与，他感受到了新的希望和力量。

面对两个好学的徒弟，袁隆平耐心地解释这项试验的重要性和艰巨性。他最早发现的那株"天然杂交稻"优势那么显著，一棵单株分蘖出十几个有效穗，每穗都有一百六七十粒壮谷。如果田里长的都是这种杂交稻，亩产就能达五百公斤，在不增加任何投资的条件下，比现有水稻品种大幅度增产。如果能利用这种优势，意味着每年的粮食产量翻倍增长，种田的农民就能吃饱肚子，不再挨饿了。

袁隆平还告诉两个徒弟，玉米、小麦、高粱的杂交优势已被国外广泛应用于大田生产，水稻杂交也应该有办法做到。尹华奇和李必湖听了，感到眼前这几十个盆盆钵钵里的禾苗变得不同寻常起来。那细小的绿色禾苗承载着袁老师让老百姓吃饱肚子的朴素希望。他们决心跟着袁老师探索杂交水稻的奥秘。

在最艰难的岁月里，袁隆平也曾遭遇风暴，他把做试验的秧苗悄悄藏进果园的臭水沟里，继续他的水稻试验。后来才知道，是国家科委发出的公函对袁隆平和他的杂交水稻研究起到了保护作用。

一九九四年，袁隆平用自己得到的奖金设立了"袁隆平杂交水稻奖励基金"，用来奖励对杂交水稻事业做出贡献的人。举行第一届颁奖活动时，基金会授予国家科委原领导首届奖，以表达对他的感激之情。

由于得到国家科委的保护，袁隆平的试验禾苗最终得以离开臭水沟，可以光明正大地继续栽培了。湖南省科委考虑到这项科研的重要性，决定将"水稻雄性不育"课题正式列入省级科研项目，拨给研究经费六百元，还同意尹华奇、李必湖留校当袁隆平的助手，师徒三人组成水稻雄性不育科研小组。

一九六八年春天到来了，那些躲藏在臭水沟里大难不死的秧苗经过他们反复培育，已经发展成为两分地的试验田，秧苗插在中古盘7号田里。

秧苗插下去半个多月了。袁隆平满怀希望，风雨无阻，天天骑着辆自行车在学校与试验田之间来回奔波。

袁隆平每次走进中古盘7号田，总是贪婪地呼吸着田野的气息。他看着那些迎风摇动的秧苗，感悟到了一种美好和安宁。那每一片稻叶，每一株纤尘不染的水稻仿佛会说话，会唱歌，听得懂自己心里的呼唤。田野上的风一阵阵从禾苗上吹过，那层层绿波和轻轻风声把外界所有的烦恼赶得远远的。

师徒三人精心照料着田里的禾苗，觉得它们长得太慢。他们希望禾苗快点长大抽穗，快点开花结实，好让他们加速繁殖培育的进度。

五月十八日，这天正是周末。两个徒弟暂时离校了，袁隆平独自管理秧苗。傍晚，他和平日一样，在试验田边走了一圈又一圈，仔细观察秧苗的生长情况。秧苗移栽到水田已经半个多月，经过精心培育长势喜人。七十多块标记小木牌挺立在秧苗旁，仿佛是站岗的哨兵。袁隆平做了观察记录，天快黑了才回家去。

第二天，袁隆平吃过早餐，骑上自行车去了试验田。来到田边，眼前的景象使他大吃一惊：昨天傍晚还好端端的秧苗，只过了一夜全部被拔光了，一苑不剩。试验田里布满了乱七八糟的脚印。天哪，经过两年多努力，流了多少汗水，用捡来的几棵秧苗培育出来的这些试验材料，再次遭到了灭顶之灾！

袁隆平只觉得脑子里轰的一声，浑身发抖，两眼发直，感到天旋地转。他的心像被利剑刺穿，脑袋像被闷棒打中。试验材料被毁，杂交稻的研究难道就这样断送了？

在泥地里呆坐了许久，他回过神来，含着泪水，忍着悲愤，走进烂泥巴田里，寻找劫后余生的秧苗。在田埂边的污泥里，他发现了半埋着的五棵秧苗，就连泥带根把它们抱回家，插在试验盆里。

袁隆平不甘心，还在四处寻找失踪的秧苗。案发后的第四天，他在一口井里发现了一些浮在水面的秧苗，捞上几棵一看，果然是他的试验秧苗。他不顾井深水冷，扑通一声跳下井去，可是无法捞到沉到井底的秧苗。学校领导派人抬来了抽水机，把井水抽干，捞出了井底的秧苗，但已经全部沤烂了。

"5·18毁禾事件"是一宗蓄意的恶性破坏事件，纯粹是想阻止袁隆平的试验，不让他的研究成功！尽管报了案，但这个人为的破坏案件一直没有查出结果，成了至今未破的一桩谜案。袁隆平感到痛心，却一如既往地照料着那几棵抢救出来的秧苗。

追着季节去育种

　　袁隆平不辞辛劳地培育着试验禾苗。在那些让他感受痛苦而又坚守希望的岁月里，世界各国的经济、科技和教育正在发生着全新的变化。

　　一九六一年，苏联宇航员加加林乘坐宇宙飞船飞离地球，进入太空，人类完成了文明史上的又一次飞跃。

　　一九六九年，美国的"阿波罗11号"飞船登月成功，人类首次踏上月球。

　　就在这一年，美国第一个阿帕网（ARPANET）连接建立并投入使用。经过几年尝试运行后，发展出电子网络系统。这一全新的信息传播系统的建立和发展标志着知识经济的悄然崛起。

也是在一九六九年,美国湖滨中学率先开设电脑课。当时电脑还是很稀奇的东西,该校学生比尔·盖茨和他的同学编出了登月游戏软件。

中国邻近的亚洲国家,包括战败的日本,在战后初期都是经济落后与贫困的国家,但从二十世纪六十年代以来经济迅速增长。日本专心搞经济建设,加强教育事业的发展,创造了经济起飞的奇迹。一九六八年,日本一跃而成为仅次于美国的世界经济大国。这个资源贫乏的岛国在二十年内超过了大多数西方发达国家,表现出巨大的经济活力。

亚洲"四小龙"随即崛起。韩国、新加坡以及中国台湾和香港地区的经济基础本来很薄弱,属于发展中国家或地区,二十世纪五十年代人均国民生产总值不过几十到几百美元。"四小龙"的经济起飞始于二十世纪六十年代,到七十年代初经济加速发展,一直保持较高的增长速度。

新中国建立后的几年,在"自力更生、艰苦奋斗"精神的鼓舞下,中国经济迅速恢复,出现了良好的发展局面，并不逊色于周边国家的发展水平。农业是经济的支柱，袁隆平期盼杂交水稻试验可以顺利进行，早日取得进展，中国不能错失经济腾飞的良机。

一九六八年秋天，袁隆平的"雄性不育株"水稻更代繁育工作终于有了令人欣喜的转折。湖南省科委和省农业厅考虑到杂交水稻试验对实施毛主席提出的"以粮为纲"战略有着重大作用，决定成立"湖南省水稻雄性不育科研协作组"，把袁隆平调到省农业科学院去，另外再选派几个人，一起参与研究。

袁隆平带着两个徒弟，跳出了雪峰山深处的安江小镇，来到湖南省会长沙，在省农科院继续进行水稻雄性不育研究工作。

回顾过去几年杂交育种走过的路程，总结经验和教训，袁隆平觉得要想加快育种步伐，不能只限于在长沙和安江两地，而要到气候炎热的云南和海南岛去。那些地方气温高，每年可多繁殖一两代稻子，能加快杂交试验速度。

从此每年十月中旬，当北风带着凉意吹到洞

庭湖畔，袁隆平和助手尹华奇、李必湖就带着这一年收获的稻种，风尘仆仆地奔向南国育种。

一九六九年十二月，师生三人来到了云南省元江县。这里位于北回归线的北侧，仍然温暖如春，而这时的湖南已经水瘦山寒。

他们租住在元江县农业技术推广站的一座无人居住的平房里，还租了农技站的水田作为试验田，一边浸种催芽，一边整理田地。十二月二十九日，他们把雄性不育材料的珍贵种子浸下了水。

元旦来临，傣族兄弟敲起了象脚鼓，迎接新年的到来。元月五日凌晨，袁隆平在睡梦中猛然惊醒。他发现身子下的床在晃动，天花板上噼里啪啦掉下石灰块。"快起来，地震了！"袁隆平大叫一声。

两个年轻人醒来，赶紧提着浸了稻种的铁桶往外跑。才过了一会儿，那座平房轰隆一声倒塌了。天亮了，余震不断，大地仍在晃动。广播里报道，离元江一百五十公里的峨山县发生了7.7级强烈地震，受到波及的元江县，震级也在5级以上。

农技站的老支书劝他们说:"这里是危险区,你们应该赶快离开。"袁隆平指着浸在铁桶里的稻种说:"种子都要下田了,我们怎么能离开?"

他们在水泥铺的球场上用塑料布搭起了一个窝棚,在水泥地上垫了几把稻草,再铺上一张草席,就成了床铺。

种子该催芽了,他们在窝棚里拴上一根绳子,把铁桶里一个个装着谷种的小布袋捞出来,挂在绳子上。每隔几个小时浇一次水,好让谷种在布袋里发芽。

又发生了一次余震,随着大地的晃动,挂在绳子上的小布袋不停地摇摆着。师生三人见了,相视一笑。

发了芽的稻种播在摇晃的土地上,秧苗在南国的暖风里茁壮成长。

当时,粮食供应困难,只能拿当地的甘蔗充饥,他们三个人吃得口腔里磨出了泡。经过四个多月的辛勤劳动,他们又繁殖了一代雄性不育的种子。

以后每年冬季，他们都像候鸟一样飞向温暖的南方。他们在南国的水田里繁殖育种，加速试验。他们把这种追着季节走的育种方式称为"南繁"。这段生活是极其艰苦的，由于长期饮食没规律，袁隆平患了慢性肠炎。

南繁育种，他们去过云南的西双版纳，海南岛的黎寨和苗寨，争取了宝贵的时间，一年抵了两年用。

师生三人成了一支追赶季节的流动育种队，虽然科研经费紧张，但大家目标坚定，都吃苦耐劳。他们的身影出没在天南地北，他们的行踪机动灵活。

袁隆平赞美海南岛是培育杂交水稻的"伊甸园"。海南岛是中国第二大岛，面积为三万多平方公里，被称为南海上的一颗明珠。岛上覆盖着大片的热带森林，植物种类繁多，终年常绿，树干高耸，树冠参差不齐。那里不仅风景优美，空气新鲜，更是橡胶、椰子、油棕、剑麻、胡椒等热带经济作物的重要产地。冬季的海南岛光照充足，称得上是"育种者的天堂"。

海南岛优越的气候条件可种植三季水稻。袁隆平充分利用这一气候优势，在十一月至来年四月，带着两个助手到海南岛南端的南红农场，进行杂交稻的育种和制种。每年多种一季试验稻实际上加快了世代繁殖效应，加快了杂交繁育的速度，为早日成功赢得了宝贵的时间。

试验中的新难题

当年的海南岛,经济还比较落后,生活条件艰苦。袁隆平和他的助手住在租来的茅屋里,窗户很小,屋里光线暗淡,夜晚没有电灯。他们以地当床,在竹竿上铺上稻草和椰树叶,搭成地铺。

白天,他们在田里劳作,海南岛稻田的蚂蟥之多真叫他们大开眼界,落在腿上捉不过来,田野里不时响起蚂蟥的叫声。

傍晚,他们结伴到大海里去游泳,宽阔的海洋任凭他们畅游。

夜里,他们点起蜡烛、煤油灯,不顾成群结队的蚊虫叮咬,读书看资料,记科研笔记。

尹华奇在文章里回忆，袁隆平"从浸种、播种、育秧、移栽、施肥、打药、抽穗、杂交、选育、收种，再到播种，一道道工序，一个个环节，全都亲自到位。特别是当时没有任何现成的杂交水稻理论可借鉴，经验只能从一季一季的失败中去总结。除此之外，他还要去迎接那些来自传统旧思想的挑战"。

那时候，许多高层的专家坚持传统的理论，对他们的杂交水稻试验持否定的态度，认为没有成功的希望。

袁隆平和他的徒弟不怕苦不怕累。他们每年冬季在海南岛繁育一季水稻，在那里生活四个月，过春节也不能回家团聚。

除夕之夜，师徒坐在茅草屋里，守着一个小茶炉，每人冲一杯清茶，天南地北地神侃。为了让两个年轻人开心，袁隆平用武汉话、重庆话、南京话讲他在不同的城市生活时发生的故事和趣事，讲他看过的外国小说和电影故事……

每逢佳节，袁隆平特别牵挂家里。他离家在外的这些年里，妻子邓哲独自支撑着一个家。当时他们夫妻的工资不足百元，要支付柴米油盐，要照顾两家的老人，邓哲生活上精打细算。袁隆平远在海南岛，只能把对家人的思念写成家书，让书信越过千山万水，飞抵亲人手中。而他由于试验总是达不到理想效果，不得不一次次推迟归期。

农历新年到了。他们像往常一样，一大早就吃了早饭，赤脚踩进水田，一如既往地忙碌着。

然而，元江育种的试验发现了新的问题：不育率没有提高，反而由原来的百分之七十下降到百分之六十多。这到底是什么原因呢？袁隆平陷入了苦苦的思索。

几年里，他们结合玉米、高粱杂交的经验，已经用一千多个品种的常规水稻，与最初找到的"雄性不育株"及其后代进行了三千多个杂交试验，始终没能找到一个能百分之百保持不育的水稻品种。

这就表明，他们还没有找到一个真正有用的保持系。这个巨大的难题让他们感到头痛。如果不育率达不到百分之百，不育系就不能算成功。

袁隆平知道,"提高不育率,达到百分之百",这是杂交水稻研究中必须达到的一个目标。

怎样才能突破目前的徘徊局面呢?袁隆平反复琢磨,从试验课题的方向开始进行全面的重新论证。袁隆平紧紧抓住一点,那就是,杂交优势是生物界的普遍规律,他认定自己的研究方向并没有错。可是,成功的希望若隐若现,总是遥遥无期。那么,到底是什么地方出现了问题呢?袁隆平感到非常困惑。

寻找新的试验材料

夜深人静,袁隆平久久不能入睡。他披衣起床,找出几年来的试验资料,从观察记录到试验报告一一翻看起来,想从中理出一个头绪。

种种试验,代代繁殖,像过电影一样一幕一幕地在脑海里呈现出来。各种各样的疑问、设想提出来,肯定,又摇头否定。

难道是试验材料上出的问题吗?袁隆平联想到遗传学上关于杂交材料亲缘关系的远近对杂交后代影响的有关理论,觉得问题可能就出在试验材料上。

以前的几组试验情况浮现在他的脑海——

籼稻不育型种子与常规籼稻杂交,效果不好;

粳稻不育型种子与常规粳稻杂交，效果也不好；

籼稻不育型种子与常规粳稻杂交，效果有所提高。

前两种情况效果差，可能是所用的杂交材料的亲缘关系太近，就像人类近亲结婚，生下的后代不聪明一样；后一种情况好一些，可能是所用杂交材料的亲缘关系远一些。

几年来，他们所用的杂交材料尽管品种数量超过一千种，但都是栽培稻品种，从地理环境到生物学特性，它们之间的亲缘关系还是比较近的。倘若再把杂交材料的亲缘关系拉大，用一种远缘的野生稻与栽培稻进行杂交，效果可能会更好些吧？

想到这里，袁隆平精神大振。他提出"用远缘的野生稻与栽培稻进行杂交"的新设想，决心不再在栽培稻里兜圈子。

对，跳出在栽培稻里找材料的圈子，去寻找野生稻！

袁隆平兴奋地把助手们找来，讲述了要走远

缘杂交道路的思路，并向他们详细地讲解野生稻的发源地、特征。

一九七〇年秋天，袁隆平带领助手又来到海南岛的南红农场。安顿下来，他们一边浸种催芽，播种育秧，一边寻找野生稻。

海南岛最南部被称为"天之涯，海之角"。那里地处低纬度，属热带海洋性季风气候，年平均气温二十五点七摄氏度，素有"天然温室"之称。袁隆平利用这里良好的自然条件，在南红农场附近建立试验据点，租房子租水田，开展育种试验。后来直到一九八二年，湖南省农业厅拨款两万元，建了一座平顶砖房，打了一口井，扯来电线装了电灯。袁隆平的科研队伍这才有了一个固定的"家"，以后这里逐步发展成为杂交水稻试验基地。

这次来海南岛时，李必湖喜滋滋的。原来他的妻子刚生下孩子，他做父亲了。袁隆平说："你刚当上爸爸，想孩子了吧？"

李必湖说："还真有点想呢，要是几个月不回去，他肯定不认得我了。""呵呵，你们这些人哪，孩子丢给老婆一个人管。"还没结婚的尹华奇故意逗乐。

袁隆平感到，这两个年轻人真是太不容易了，常年抛家不顾，湖南、云南、海南三地跑，一年里栽培三四季稻子，比种地的农民还辛苦。真是难为他们了。说到待遇，这支育种队一年只有三千元研究经费，两个助手每月拿十八元生活费，每人每天给五角钱出差补助费，这就是他们全部的报酬。如果不是对杂交水稻研究的执着，对他这个老师的信任，他们何必来吃苦呢？袁隆平自己何尝不是如此！共同的事业把他们紧紧地联系在一起。

南红农场的试验田里播下的种子冒出了幼芽。袁隆平要到北京去查阅资料，临行前交代两个助手要照顾好秧苗，抓紧在附近进行野外调查，尽快找到野生稻。袁隆平到了北京，在中国农科院的资料室查阅外文报刊。就在这时，助手发来电报："找到雄性不育野生稻。"他惊喜极了，连夜挤上火车，直奔海南岛。

回到农场，他就来到试验田边，看到了比金子还要贵重的那株野生稻。它是李必湖和南红农场的技术员冯克珊发现的。

十一月二十三日上午,他们在离农场不远的一片沼泽地里,找到了一片面积约零点三亩的野生稻。当时正值野生稻开花,容易识别生殖性状。李必湖像袁隆平当年寻找"雄性不育株"一样,在野生稻丛中一株一株地仔细观察。

奇迹终于出现了!李必湖发现了三个雄花异常的野生稻穗,它们的花药细瘦,呈火箭形,色浅,呈水渍状,不开裂散粉。这三个稻穗长在同一个禾蔸,是从一粒种子成长起来的不同分蘖。

李必湖和冯克珊反复观察,确认这是一株雄性不育野生稻。他们又惊又喜,把它连泥挖起,搬到试验田里栽好,等待袁老师回来做最后的鉴定。

袁隆平仔细观察后,采集了稻花样品,放在显微镜下检验。他最终确认,这确实是一株十分难得的野生稻雄性不育株。鉴于它是一株碘败型花粉败育的野生稻,袁隆平把它命名为"野败"。

从第二天起,李必湖用试验田里仅有的一个正处在抽穗末期的籼稻品种"广矮3784"与"野败"

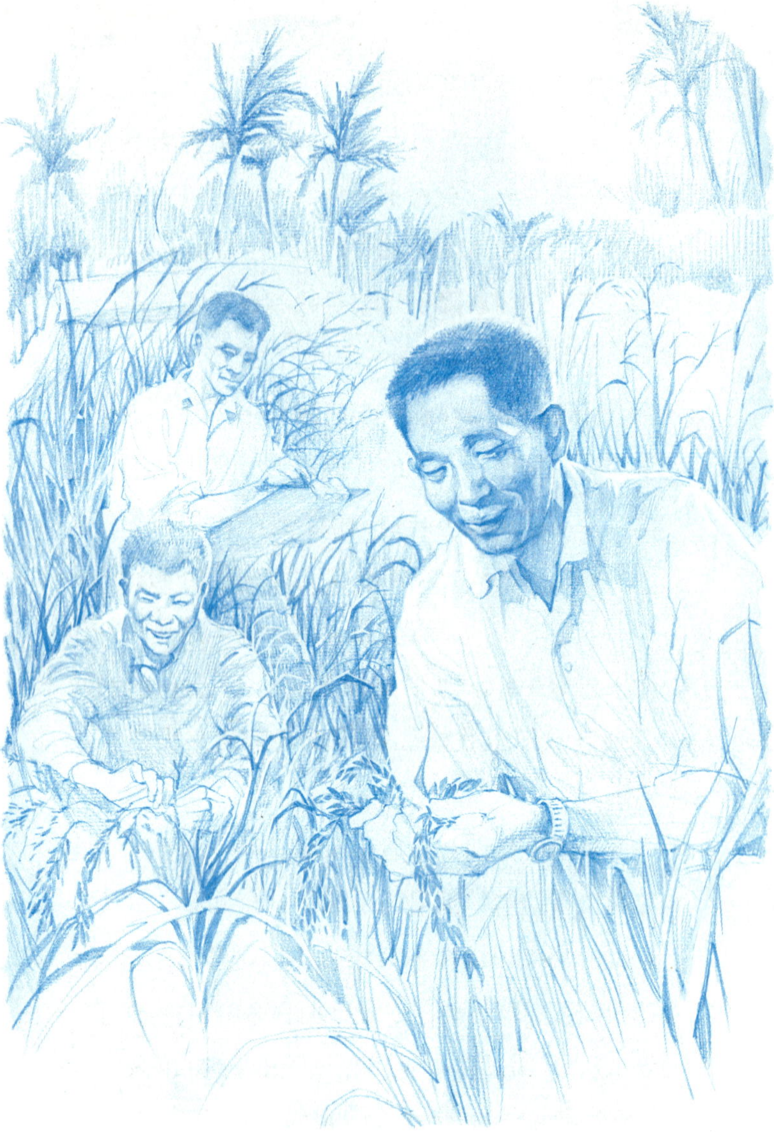

杂交，连续四天，共杂交八个组合，六十五朵小花。因遭暴风雨袭击，只得了珍贵的三粒种子。

一九七一年元月，他们采用无性繁殖分蘖的方法，把"野败"插在试验田空余的地方，分三个地段，共插了四十六株。后来，"野败"在试验中显示出巨大的优势，正如袁隆平预想的那样，它为杂交水稻研究打开了突破口。

谈到发现"野败"的功绩时，袁隆平指出："有人讲李必湖等发现'野败'只是靠运气，这里有一定偶然性，但必然性往往寓于偶然性之中。一是李必湖是有心人，是专门来找野生稻的；二是他有这方面的专业知识。当时全国研究水稻雄性不育性时间比较长的，只有李必湖、尹华奇和我，所以宝贵的材料只要触到我们手里，就能一眼识破。别人即使身在宝山，也不见得识宝。这就是李必湖发现'野败'的必然性。"

李必湖在后来写的《袁隆平成功的内在动力和外部环境》一文里指出："袁隆平充分了解了我国的自然条件和水稻资源……在杂交水稻研究徘徊不前的时候，他制定出走远缘杂交的路子，后发现'野败',为杂交水稻研究打开了突破口,取得成功。"他还写道:"袁隆平成功的原动力来源于人类生存和社会发展的需要,他总是把社会的需要当作自己的理想追求,把为人民谋利益作为自己的工作目标。"

美国著名农业经济学家唐·帕尔伯格先生在他的著作《走向丰衣足食的世界》中,专门论述了袁隆平和他的杂交水稻——

李(必湖)先生在海南岛能找到这种原始材料,发现其杂交价值就更为稀罕了。"野败"植株通过杂交能把可育的雌蕊和败育的雄蕊遗传给后代的可能性微乎其微,由此产生的雄性不育的可能性对一个恢复基因做出响应的可能性同样是很微小的。所有上述事件同时出现的概率,用统计学的术语来说,明显是小概率事件。小概率事件就是偶然事件。可是这种奇迹居然发生了。

在阅读农业科学史时,人们一定对偶然事件的巨大作用留下了深刻的印象。安东尼·列文虎克就是在显微镜下,对一滴污浊的死水的无意观察中发现了微生物。爱德华·詹纳看到挤牛奶的女工免出天花便发现了接种疫苗。路易斯·巴斯德为着另外的目的，对两缸对比甜菜浆汁的偶然观察推进了病原菌理论的发展。亚历山大·弗莱明偶然通过从雾都伦敦天空飘落在他培养皿中的一纤烟尘而发现了青霉素。赛尔曼·A.瓦克斯曼从一只病鸡喉头取出的一块泥土中发现了链霉素。麦茨和纳尔逊在对近交系玉米进行正常测试时发现了含高赖氨酸的玉米。S.C.萨门偶尔在日本一个农业实验站为博洛格高产麦田的建设觅得了一块"基石"。这样的例子还可以举出很多很多。

这些发明创造的一个共同特点是，当事人不仅是亲眼见到了这些事物，而且从内心领悟并很快抓住了这些事物的本质。这就是科学工作的本质。机会成就了有心人。

机会成就有心人。只有那些有准备的人，才能抓住机会。袁隆平用"野败"作为新的杂交材料，在试验中显示出巨大的优势，突破了徘徊局面，迎来了成功的曙光。

寻找新的试验材料　　105

迎来攻关大协作

当时湖南省的有关领导考虑到粮食增产的需要,要求加强杂交水稻科研队伍的力量,争取让杂交水稻研究早日成功。一九七〇年底,湖南省农业厅派遣贺家山原种场的青年技术员周坤炉和湖南农学院的青年教师罗孝和等人,随袁隆平来到海南岛,成为他的科研助手。

从湖南省隆回县农村出来的罗孝和年龄与袁隆平相当,性格直爽,为人乐观,爱开玩笑,大家给他取了个"乐呵呵"的外号。

当时生活艰苦,袁隆平让他管理伙食。他们从湖南带了一些腊肉去,海南岛天气热,腊肉挂在厨房里不停地滴油。"乐呵呵"每天都拿秤称一称腊肉,称完了立即报告说:"袁老师,又少二两了。"这个节目经常惹得大家开怀大笑。

工作之余,他们一起去海里游泳。罗孝和也喜欢游泳,而且游得不错。当时他并不知道袁隆平游得怎么样。他第一次和袁隆平去游泳就发出了挑战,说:"袁老师,我们来比赛。"袁隆平说:"你先游,我来追你。"罗孝和说:"那不行,我们要公平竞争。"结果袁隆平游到了对岸,他落后了十多米。

罗孝和不肯服输,他确实是有实力的,以前在湖南农学院参加横渡浏阳河的游泳比赛,得过第六名的好成绩。他说,他擅长的是蛙泳,还要比一次。他哪里知道,袁隆平曾获得湖北省中学生游泳比赛的第二名。他们第二次比赛,罗孝和又被抛在后面十多米。他这才知道,自己是遇到高手了。袁老师和他有着共同的爱好,这让他感到格外高兴。从此,罗孝和跟着袁隆平在风雨和阳光里辛苦地进行试验,不怕吃苦,艰难地探索。

国家科学技术委员会和农业部考虑到粮食增

产的重要性，组织了杂交水稻科研的全国性协作组。一九七一年三月下旬，湖南、湖北、广东、广西、江西、福建等十三个省、直辖市、自治区的十八个科研单位的五十多名农业科技人员，先后来到了袁隆平的海南岛基地——南红农场，住在附近一带，学习和参与研究。

这时，"野败"已经发现并完成第一次杂交试验，它的杂交第一代表现出非常优越的雄性不育保持功能。这是杂交水稻研究上的一个重要转折。

袁隆平深深懂得，要把"野败"转育成不育系，进而实现"三系"配套，直到应用于大田生产，这中间还有一道又一道难关。因为"野败"不育株除不育性外，其他性状基本上与普通野生稻相同，在生产上无直接利用价值，必须精心进行转育的工作。

用野生稻作为试验材料，与人工栽培稻进行杂交，实质上就是进行基因置换，通过一次次组合繁殖更新换代，把有益的基因遗传到下一代，而把不利的基因淘汰掉。现在袁隆平和他的徒弟需要加快这项工作，通过不断杂交繁殖，把"野败"的不育基因转入栽培稻，进而培育出生产上所需要的不育系、保持系和恢复系，从而实现"三系"配套。

要完成"三系"配套还有许多工作要做，技术难度很大。他们师生是将"野败"这一最新试验材料封闭起来，关门研究，还是让更多的科研人员协作攻关呢？当时还没有什么人知道"野败"和它的价值，要进行技术保密是容易做到的。袁隆平没有这么做。他想到的是，多一个人参加研究就多了一分力量，就多了一分早日把杂交水稻试验搞成功的把握。

面对全国各地来的科技人员，袁隆平毫无保留，及时报告了他们师徒的最新发现，慷慨无私地把自己培育的"野败"材料分送给大家，让他们一边学习一边试验。

袁隆平在驻地开辟了教室，架起黑板，办起杂交水稻研究速成班。白天，他在试验田里示范技术操作。晚上，他给各地技术员讲理论，把自己多年积累的知识奉献给大家。

袁隆平以无私的胸怀、高尚的品德和对杂交水稻的深入研究，赢得了各地科研人员的敬重，成为中国杂交水稻研究总设计师和学术领头人。

袁隆平指导大家用"野败"与不同的品种进行杂交试验。各地的试验组在试验田里忙碌着。短短一年多的时间里，来自全国各地的一百多名科研人员，选用长江流域、华南地区、东南亚、美洲、欧洲等地的一千多个水稻品种，与"野败"进行了上万个转育试验，加速了杂交水稻的研究进程。

袁隆平、周坤炉等育出了"二九南1号""威20"不育系和保持系；

江西萍乡市农业科研所的颜龙安等育出了"珍汕97"不育系和保持系；

福建的杨聚宝等育出了"威41"不育系和保持系。

但是，最为关键的恢复系仍然没有找到。如果"三系"不能配套，就不可能育成用于大田种植的高产杂交稻，杂交水稻依然不算培育成功。

"三系"杂交水稻能否配套成功呢？这是当

时理论界争论的焦点之一。有人曾经预言："袁隆平等人六十年代搞的不育材料，易找恢复系，但没有保持系；而现在的'野败'不育材料正好相反，虽获得了保持系，但不一定找得到恢复系。"

袁隆平并不为理论界那些评头论足的议论所动摇，他是一个实干家，他的研究是从实践起步的，也坚信能从实践中找到解决的办法。他充满自信地推断，恢复系一定会在近期筛选出来。

一九七二年三月，杂交水稻研究被国家科委列为全国重点科研项目。这年九月，在湖南长沙召开了第一次全国杂交水稻研究科研协作会。许多农业科研机构和大专院校参与基础理论研究，与育种工作者紧密配合，形成了全国性的协作攻关阵势。

这年秋天，袁隆平带着十来名助手从长沙动身去海南岛。为了争取育种的时间，他们在长沙就把稻种浸湿催芽。路途上怕稻种坏了，周坤炉把浸过的谷种捆在身上，利用自身的体温加速催芽。因为人的体温正好是催芽所需的温度，尽管浸湿的稻种捆在身上极不舒服，但是为了加快催芽,他也就不管自己的感受了。

没有买到火车坐票,助手们把行李堆在车厢的过道边,给袁隆平当"软席"坐。大家跟罗孝和开着玩笑,一路谈笑风生。

到达南红农场,捆在周坤炉身上的种子立即被播进试验田。各地的南繁试验组轮番来请袁隆平去做指导。为了避免千军万马在同一层面上试验的情况,袁隆平指导大家各有侧重,从不同的方面去突破。他指导各个试验组用"野败"与上千个不同的品种进行上万次测交和回交转育试验,提高了成功概率,加快了研究进程。

一九七三年,在突破了不育系和保持系的基础上,参加攻关协作的各地科技人员广泛选用一千多个品种,进行测交筛选,找到了一百多个具有恢复系能力的品种。

袁隆平、张先程等率先在东南亚品种中找到了一个优势强、花药发达、花粉量大、恢复率在百分之九十以上的恢复系品种。

这年九月,在长沙马坡岭试验田,袁隆平和周坤炉转育的"二九南1号"不育系,经过连续三年共七代的杂交试验，有十个株系共三千株试验稻，终于达到百分之百不育，且性状与父本完全一致的标准。这是一个重大的突破。

一九七三年十月，在苏州召开的全国水稻科研会议上，袁隆平发表了题为《利用"野败"选育"三系"的进展》的论文，正式宣告我国籼型杂交稻"三系"配套成功。

袁隆平的这一消息预示着我国应用水稻杂种优势的时刻即将来临，这是我国自主创造的重大科学技术知识产权。

试验田里的"魔法"

袁隆平在苏州召开的全国水稻科研会议上报告我国籼型杂交稻"三系"配套成功,这一消息并未得到农学界权威人士的肯定。有人说,日本的新城长友教授在一九六八年已经成功实现"三系"配套,由于没有表现出明显优势,不能应用于大田生产。言下之意就是说,袁隆平的"三系"配套也不过如此,不要过于乐观。

然而,新城长友搞的是粳稻,袁隆平搞的是籼稻。籼型杂交稻"三系"配套成功后,到底有没有大田生产的应用价值?袁隆平感到很大的压力,他只有用事实来做出回答。

袁隆平从苏州回来,遇上罗孝和,只见他愁

眉不展，心事重重。原来，他的试验田里出现了新问题。

罗孝和在湖南省农科院的试验田里种了一丘四分地的"三超稻"，也就是产量要超过父本、母本和对照品种。这丘试验田的禾苗生长得很旺盛，引起了人们极大的兴趣。收割时，试验田稻谷的产量只是与对照品种"湘矮早4号"持平，稻草却增加了一倍。

一些对杂交水稻持怀疑态度的人说："水稻即使有杂种优势，也只能表现在稻草上，而不在稻谷上。可人吃的是饭，而不是草！这个杂交水稻，弄来弄去，生产上还是没有价值。"这些议论，让罗孝和心灰意懒，抬不起头来。

袁隆平控制住了心中的怒火，认真地分析这次试验。他对助手们说："这次试验，表面上看是失败了，但实质上却蕴含着极大的成功。有无优势是杂交稻研究有没有前途的关键，稻草的成倍增长显示，杂交优势在水稻这个自花授粉的作物上是客观存在的。至于朝哪个方向发展，则属于技术上的问题。这次稻草增产了，我们可以改良组合，下次优势不就朝稻谷上面发展了吗？"这番精辟的分析，使罗孝和与其他助手的心又热乎起来。

一九七三年春，袁隆平在海南岛亲自配制了十多公斤杂交稻种，分给助手试种。这年秋天，在湖南省农科院一点二亩的试验田里，这些种子收获了亩产五百零五公斤的高产量，杂交水稻的增产优势初露锋芒。

一九七四年，袁隆平扩大了试验范围，经过大家的精心培育，各个试种点都取得了显著效果。以湖南的一些试验田为例，在与常规良种稻同等管理的条件下，杂交稻亩产稻谷增加五十至一百公斤，增产率为百分之二十左右。常规良种稻的草与谷之比为1∶1，杂交稻则为1∶1.4。杂交优势已经很大程度发挥到稻谷上来了。袁隆平终于育成了中国第一个强优势组合"南优2号"。在安江农校的试验中，中稻亩产达到惊人的六百二十八公斤。双季晚稻示范栽培了二十多亩水田，亩产五百一十一公斤，都比常规水稻增产百分之三十以上。

到杂交早稻"威优35"问世后,事实无可争辩地证实了杂交稻的优势。袁隆平和他率领的技术人员终于闯过了杂交水稻配组的优势关。

闯过了高产的优势关,袁隆平依然不能歇一歇,新的问题又冒出来了。他又面临着杂交种子产量低的制种难关。

那时,制种试验田生产出的杂交种子亩产只有五点五公斤。经过成本核算,杂交种子要达到亩产四十公斤才划算,农民才乐于接受。否则,种子成本太高,亩产增收的稻谷与种子成本两相抵消了,农民还是得不到实惠。

袁隆平深入田间地头,仔细观察研究,发现杂交制种的关键主要取决于父本和母本的扬花时间能否步调一致。

他经过计算,每亩制种田要有一百五十四万粒稻谷授粉成熟,亩产的杂交种子才可达四十公斤。要达到这个目标,就要让母本和父本的花期相遇,花粉能均匀地散落在母本花蕊上。

抓住了问题的关键,袁隆平蹲在试验田里,细心观察父本和母本的开花习性,寻找叶龄与花期的关系，推算播种时间，一套具有袁隆平特色的制种办法迅速在他的脑子里形成了。

他设计了父本与母本分垄间种的栽培模式，母本成畦，父本成行，以确保母本均匀授粉。他又安排将父本和母本分期播种，有效地调节了花期，做到同时开花，从而提高了稻种田的扬花受孕率。

为提高种子田扬花受孕率，他采用简单而实用的新办法，那就是"一把剪刀加一根绳子"。抽穗时，用剪刀把过多的稻叶剪掉，便于花粉飘散授粉。水稻扬花之际，实施人工辅助授粉，就是由两个人拉着长长的绳子在稻田两边的田埂上走过，绳子在开花的稻穗上拂过，让稻穗上的花粉充分地飘散开来，提高受孕率。

罗孝和从试验中发现了"920"喷剂的新用途，如果父本或母本的某一方抽穗稍晚，适时给它喷洒"920"，催促同步抽穗效果显著。

采取割叶、剥包、喷洒"920"、人工辅助授粉等一系列综合措施，目的就是让父本和母本的花期同步，充分授粉，从而提高杂交种子的产量。

用这套办法的试验结果是，一九七五年春湖南协作组种植二十七亩制种田，杂交种子亩产上升到二十九公斤，其中有的试验制种田最高亩产量超过五十公斤。

杂交水稻显示的增产优势引起了中央领导的高度重视，在党中央和国务院的大力支持下，一九七五年冬，全国组织两万一千人去海南岛进行杂交水稻的"三系"繁殖和制种，其中湖南省就有八千多人，袁隆平任技术总顾问，制种面积达三万多亩。从此拉开了大规模推广杂交水稻的序幕。

这次制种突破预期的产量，获得了重大成功。来自各地的制种技术员回到家乡后，成为推广杂交水稻的骨干力量。

一九七六年，杂交水稻开始在湖南推广，随即在全国遍地开花结果。当年杂交水稻推广面积二百零八万亩，增产幅度全部在百分之二十以上。试种杂交水稻的农民喜笑颜开，杂交水稻以不可抗拒的巨大魅力，为广大农民所喜爱。

几年之后，一直取得粮食丰收的农民高兴地说："我们解决吃饭问题，靠的是'两平'，一靠邓小平的责任制，二靠袁隆平的好种子。"这番话形象地表明，农民发家致富，一靠政策，二靠科学。

柔软的内心深处

从一九六八年到一九七七年的十年间,袁隆平有七个春节是在海南岛过的。那些年,他南北奔波,四海为家,一心扑在杂交水稻研究上。

他的妻子邓哲是一个贤惠、坚强的女人,无怨无悔地独自承担起繁重的家务。袁隆平已经是三个孩子的父亲,可是后面两个孩子出生时,他都在杂交水稻的试验田,不在妻子身边。

邓哲忙不过来,有一段时间把大儿子五一送到重庆爷爷奶奶家里,把二儿子五二托付给黔阳县河口公社的娘家。袁隆平从海南岛回家时,挤出时间去探望五二,几十里山路和水路,走得很辛苦,他住一个晚上就急忙离去。

一九七四年底,袁隆平的父亲病危,当时他还在海南岛的试验田里。邓哲得到消息,急忙赶到重庆家中。她征求老人的意见,要不要发电报叫袁隆平回来。老人家在弥留之际说:"他重任在肩,无论如何不要叫他回来。"邓哲留在老人身边,服侍了近两个月。第二年三月,袁隆平的父亲因病去世了,袁隆平还在海南岛忙于杂交稻的最后攻关。他得到消息,已是一个多月之后。他满怀悲痛,对着青山绿水低头默哀。

那些年里,袁隆平在外奔波,饮食没有规律。尤其是水稻扬花季节,中午他要守在稻田里观察,带一壶水、两个馒头当午餐。长期过这种生活,袁隆平患了习惯性肠胃炎,体重下降到只有五十八公斤。同事们为他的身体担忧,他却乐观地说:"体重减轻一点儿,下田还方便些。"

袁隆平内心感到亏欠了家人。本该一家团聚的春节、亲人的生日、孩子突发高烧的时候,他总是缺席。他也从来没有特意带孩子出门游玩过。

以前顾不了家,确实是出于无奈,后来条件

稍微变好，袁隆平总是试图用各种方式去补偿妻子和孩子。一九八一年夏天，袁隆平接到了去北京开会的通知。他决定带上妻子和两个孩子一起去。他豪情万丈地表示，一定要带他们去北京"好好地玩玩"。令人遗憾的是，一贯在生活小事上笨拙的袁隆平，竟然连坐票都没有买到。"没关系，站着就站着，反正又不是第一次了。"邓哲安慰丈夫道。

于是，他们带着孩子挤在过道里。五一和五二难得出趟远门，他们倒是兴奋得很，在人群中穿来跑去，玩得不亦乐乎。

这时，列车长从车厢里经过，袁隆平赶紧挤过去，表示想补几张票。列车长摇摇头，和颜悦色地拒绝了。

过了一会儿，列车长想起这个人很面熟，啊，他不是报纸上登过照片的水稻专家袁隆平吗？他赶紧过来握手问好，连连说要想办法，争取给他们补卧铺票。袁隆平倒有点不好意思起来。

列车长临时给他们补了两个卧铺，但不在同一个车厢。于是一家人分成两队，妻子带着五一，袁隆平带着五二，各去一个车厢。

刚坐定，袁隆平就赶紧拿出资料忙碌起来。五二缠着他讲故事，见父亲忙个不停，自觉没趣，只好一个人跑去玩了。

小五二这一去，半天还不见回来。袁隆平一点儿也不着急，一心以为孩子去找他妈妈了。直到邓哲过来，问起五二，他才猛然发现，自己这个粗心的父亲竟然把孩子给弄丢了。

一向沉着的袁隆平这下也慌了，还说带孩子们去北京玩，才出发不久就把人给弄丢了。列车长闻讯赶来，马上到列车广播室广播了寻人启事，还即刻询问沿途车站是否发现迷路的小朋友。

果不其然，五二"丢"在了娄底站的站台上。原来，他去找母亲时不小心随着下车的人群走下了火车。袁隆平原本想狠批他一顿，结果看到满脸泪痕、又委屈又害怕的小五二，心里瞬间就被愧疚和心疼填满了。这就是一家四口真正意义上的第一次旅行，这次经历令全家每个人都终生难忘。

一九八一年除夕，原本是袁隆平家最快乐的一个春节。几年没有在家过春节的袁隆平回到了家里，要陪家人好好地过节。

没想到，欢乐的春节还没有结束，意外的事情就发生了：邓哲突发病毒性脑炎，一家人手忙脚乱地将她送进了怀化人民医院。

还没安顿好邓哲，袁隆平的岳母也突发脑血栓，住进了黔阳县人民医院。这时，袁隆平的老母亲也患上重感冒，一病不起。

原本就不擅长打理家事的袁隆平顿时手忙脚乱，三个地方奔来跑去，喘口气的工夫都没有。家里乱得一塌糊涂，无从下脚。袁隆平干脆不收拾它了，反正越收拾越乱。

几个朋友闻讯赶来，要他赶紧专心照顾妻子，两个老人和其他家事他们会帮忙料理。袁隆平这才长吁了一口气。这时尹华奇送通知来了。湖南省农业厅请袁隆平去长沙筹备全国杂交水稻研究协作年会。

一向对工作上的大事小事都不放松的袁隆平这会儿却踌躇起来。他顿了顿，对尹华奇说："你给我去请个假吧,这么多年来,我从来没有为个人私事请过假。这是第一次,这几天我必须去照顾你师母。"

尹华奇看了看心事重重的老师,用力地点了点头。

袁隆平马不停蹄地赶到医院,日夜守着昏迷的妻子。住院一直到第十天,邓哲才醒过来。这么多年,她是太累了,太需要好好休息了。看着这张几天之间憔悴了的熟悉面孔,袁隆平心疼地想。

守在病房里的日子是俩人结婚这么多年来,朝夕相对最长的一段时间了。这些天来,袁隆平想了很多很多。

"搞水稻研究,要追着季节走,我不能够留下过小家生活。邓哲知道这个事业很重要,毫无怨言地支持我。我工作很忙,除了在海南或湖南的试验稻田里忙着试验,还要在国内外讲学和参加会议,待在家里的时间就不多了。她独自承担起家庭的全部责任,没有让我分担困难。"妻子昏迷的日子里,时间似乎变慢了,往事像黑白电影一样渐次在他的脑海里回放。

袁隆平并不擅长照顾病人,然而护士们都笑称他是最听话的家属。提醒他给病人一个小时翻一次身,给病人捏一捏肩膀和脖颈,他都一丝不苟地照着做。

在袁隆平的精心照顾下,邓哲慢慢地康复了。在他们十多年的共同生活中,邓哲总是在照顾老人和孩子,这次得到袁隆平无微不至的关怀和照料,这让她心里滋生出甜蜜的欢喜和幸福,两颗相濡以沫的心贴得更紧了。

禾下乘凉梦

杂交水稻在全国大面积推广获得了巨大的成功。一九八一年党的十一届六中全会通过的《关于建国以来党的若干历史问题的决议》中，把籼型杂交水稻的研究成功与氢弹、人造卫星的发射回收并列为我国科学技术的重大成就。

一九八一年六月六日，国家科委和国家农委联合在北京举行中华人民共和国第一个，也是迄今为止唯一的一个特等发明奖授奖仪式。袁隆平从时任国务院副总理方毅手中接过了奖章和获奖证书。

美国人对杂交水稻的成功表现出极大的兴趣，派出一个摄制组专程到安江来拍摄袁隆平的电影纪录片。一九八一年七月,摄制组组长劳克先生一行来到安江,拍摄了袁隆平的试验田,也拍摄了袁隆平一家的生活。美国摄制组的人员感到惊讶的是,袁隆平已经八十一岁的母亲竟然能说一口流利的英语。

美国摄制组拍摄的纪录片曾在美国、巴西、埃及、意大利、西班牙、葡萄牙、日本等国家放映,这部片子震动了西方世界,使更多的人了解了中国。

一九八二年秋天,袁隆平赴菲律宾首都马尼拉参加国际水稻科研会议。国际水稻研究所所长斯瓦米纳森先生庄重地引领袁隆平走上主席台。

这时,投影机在屏幕上打出了袁隆平的巨幅头像和"杂交水稻之父袁隆平"的英文字幕。与会的学者和专家一致起立,向袁隆平鼓掌致意。

斯瓦米纳森先生致辞说:

"今天,我十分荣幸地在这里向你们郑重介绍我的伟大的朋友、杰出的中国科学家、我们国际水稻研究所的特邀客座研究员——袁隆平先生!

"我们把袁隆平先生称为'杂交水稻之父',

他是当之无愧的。他的成就不仅是中国的骄傲，也是世界的骄傲。他的成就给世界带来了福音。"

菲律宾报纸头版刊登了袁隆平的照片和"杂交水稻之父"的大字标题。

一九八四年六月十五日，湖南杂交水稻研究中心正式成立，袁隆平担任研究中心主任。它坐落在长沙市东郊马坡岭。

杂交水稻技术受到世界的广泛瞩目。一九八五年，袁隆平获得联合国世界知识产权组织"发明和创造"金质奖章和荣誉证书；一九八七年，又获得联合国教科文组织巴黎总部颁发的一九八六至一九八七年度科学奖；一九八八年，获得英国让克基金会授予的让克奖。一九九五年，袁隆平当选为中国工程院院士。

尽管"三系"杂交稻带来大幅度增产，但也存在着配组不自由、种子生产环节多的缺点。袁隆平主动揭示问题，提出要把杂交稻的"三系"简化为"两系"，进而研究出"一系"。

"两系法"杂交水稻研究课题很快被确定为国家"863"计划生物工程中的第101-1号专题。

袁隆平被指定为该专题组组长和责任科学家。

研究"两系法"又是前人没有走过的路。经过几年，试验并不顺利，没有突破性进展。袁隆平再一次激发了"不要在一棵树上吊死"的灵感，寻找新的育种材料。

一位名叫邓华凤的年轻人在安江发现了一个受光温条件控制的籼稻核不育株，引起了袁隆平的极大关注。经过三代繁殖，这个不育株在安江盛夏高温的条件下，不育株和不育度都达到百分之百，保持不育的时间长达五十天以上。而在这五十天之前或之后抽穗开花，则全部表现为雄性可育，可自交结籽。这一特性为"两系法"的成功带来了希望。

袁隆平亲自主持鉴定会，把它命名为"安农S-1"光温敏核不育系。

他感到非常高兴。他的助手李必湖在二十七岁时发现了"野败"，为"三系"杂交稻的成功带来了突破。李必湖的助手邓华凤在二十五岁时发现了"安农S-1"，给"两系法"带来希望。

杂交水稻研究真是人才辈出，袁隆平对杂交

水稻的美好前景充满了信心。一九八九年的一个夜晚,他做了一个美妙的梦。他梦见自己在安江农校的稻田边散步,发现田里的禾苗长得比高粱还高,谷穗比扫帚还长,谷粒像花生米那样大。他和朋友们在高大的禾苗下乘凉、聊天……

然而,研究工作并不顺利。一九八九年夏季,南方出现了历史上罕见的低温天气,使"两系法"杂交稻的研究遭受了严重挫折,一些经过鉴定的不育系变成了可育,出现育性反复的"打摆子"现象,"两系法"杂交稻的研究陷入低谷。

袁隆平仔细研究了长江流域有记录以来的所有气象资料,除在平原、丘陵地区设点试验外,还在海拔二百至两千米的山区不同高度上设立多个试验点,同时开展转育试验。

他找来外号叫"乐呵呵"的罗孝和,希望他尽快培养出一个不育起点在二十四摄氏度以下的两用不育系来。罗孝和经过两年多的探索,于一九九一年培育出了一个不育起点为二十三点三摄氏度的低温敏核不育系,定名为"培矮64S",当年八月通过了"863"计划专家组鉴定。

"两系法"育种进入攻关阶段。"培矮64S"的成功给袁隆平的理论设想提供了一个有力的佐证,给"两系法"的研究带来巨大的鼓舞,但烦恼却接踵而至。用它繁育种子,每亩的种子产量最多五六公斤,无法在生产中推广。有人说:"这不是'培矮64S',而是赔得要死。"

罗孝和为此感到苦闷,但并不甘心认输。他从早到晚守在试验田里,渴望从两万多株没有结出谷粒的"光杆杆"稻穗上找到蛛丝马迹。

有一天,罗孝和发现靠着一个小山丘的方寸之地,有几株"培矮64S"结着种子。他惊喜地跑过去,只见一股铅笔头大小的泉水汩汩地从稻丛下流过。取来温度计一量,水温很低。罗孝和豁然开朗,"培矮64S"结种子的秘密是受水温影响,可通过降低水温达到提高种子产量的目的。第二年夏天,他开始了冷灌繁殖种子的试验,"培矮64S"的种子产量显著提高,证明他的判断是对的。

袁隆平对罗孝和的冷灌繁殖种子试验给予充分肯定。从一九八六年开始,"两系法"杂交稻的研究经过又一个十年的艰苦探索。一九九五年，袁隆平郑重宣布："两系法"杂交水稻研究基本成功。"两系法"杂交水稻随即进行大面积生产应用，到二〇〇〇年全国累计推广面积达五千万亩，平均产量比"三系"增长百分之五至百分之十。

二十世纪九十年代初，美国经济学家莱斯特·布朗博士发表了一篇长文《谁来养活中国——来自一个小行星的醒世报告》。文章中说，中国仅有占世界百分之七的耕地，要养活占世界百分之二十二的人口，如果走日本、韩国等国家高速工业化的发展道路，中国将失去大量农田，粮食将无法自给，结果将会引起世界粮价上涨和粮食短缺。这篇文章引发了"中国粮食威胁"的议论。

一九九六年九月，袁隆平在北京参加全国科技十杰表彰大会，在人民大会堂发表了演讲。他针对布朗博士提出的尖锐问题说："中国完全有能力解决自己的吃饭问题。"

袁隆平向更高的目标发起冲击——选育超级

杂交稻！他选择的又是一个国际性的科研难题。

袁隆平充分利用了田间试验积累的丰富经验，把塑造优良的株叶型与杂种优势有机结合起来，选育叶片长、直、窄、凹、厚，冠层高而穗层矮的超级稻优良株叶形态模式。这个模式抓住了水稻植株的叶片优势，让叶片充分发挥光合作用的效用，以提高产量。用袁隆平的话来说，这是"叶里藏金"。

田间试验和示范种植在紧张地进行，形势喜人——

二〇〇〇年，湖南湘西龙山县的千亩超级杂交稻示范片突破平均亩产七百公斤大关，达到超级杂交稻第一期目标。

二〇〇五年，袁隆平完成超级稻第二期目标，实现大面积试种平均亩产达到八百公斤。云南永胜县小面积示范栽培创造了亩产一千一百三十八公斤的超高产纪录。

袁隆平仍然奋斗不止。二〇一五年，袁隆平团队启动了超级杂交稻第五期亩产一千一百公斤攻关研究。

要做一颗好种子

二十世纪九十年代初,杂交水稻技术被世界粮农组织列为解决世界上粮食短缺国家问题的首选技术,也是我国对外交往中一个重要援外项目。袁隆平领导的国家杂交水稻工程技术研究中心有十五名专家被联合国粮农组织聘请为技术顾问,其中袁隆平院士为联合国粮农组织的首席顾问。

早在一九八〇年,杂交水稻作为我国出口的第一项农业专利技术转让给美国,引起国际社会的广泛关注。根据合同规定,由美国圆环种子公司先付给中国种子公司二十万美元首期转让费,中国即派出制种专家赴美国传授杂交稻制种技术。

一九八〇年五月，受中国种子公司派遣，袁隆平作为首席专家，带着另外两名技术人员，第一次飞越太平洋。到飞机场来接他们的美国朋友把又黑又瘦的袁隆平晾在一边，错把同行的一个身体高大的技术员当成首席专家，抓住他的手热情地表示欢迎。袁隆平幽默地化解了小小的误会。

袁隆平一行来到美国西部的加利福尼亚大学农业试验站，为美国技术人员进行了杂交制种的授课和示范，并应邀与加州大学的教授和研究生座谈，回答了他们提出的问题。当地的报纸对袁隆平的到来进行了报道，意大利的五名水稻专家闻讯立即赶到美国，与袁隆平探讨水稻杂交生产问题。圆环种子公司的母公司西方石油公司召开股东大会，西方石油公司董事长汉默博士特地请袁隆平出席，把他安排在会议的首席，作为重要贵宾介绍给全体股东。

传授技术期间，美国农业的发达程度给袁隆平留下了深刻印象。一个私人农场差不多就拥有中国一个乡的土地面积，只有人数不多的农业工人管理，采用飞机播种，收割机里安装了空调。

杂交水稻在美国试种两年，增产显著。袁隆平曾先后五次赴美国解决技术难题，还派他的助手尹华奇、李必湖、周坤炉等多次赴美进行杂交水稻的技术指导。

中国的杂交水稻技术得到国际水稻研究所的高度重视，他们从一九七九年开始引种中国的杂交水稻，并多次请袁隆平前往讲学。一九八〇年和一九八一年，国际水稻研究所组织各国的水稻专家，在湖南农科院主办了两期杂交水稻国际培训班。一九八六年十月，世界首届杂交水稻国际学术研讨会在长沙召开，来自世界二十多个国家的二百多名专家参加了这次盛会。

袁隆平应邀前往菲律宾、日本、法国、英国、德国、埃及、澳大利亚等国家讲学、传授技术。中国杂交水稻被推广到世界上三十多个国家和地区，种植面积达到一百五十万公顷。联合国粮农组织出版了《杂交水稻生产技术》一书，发行到四十多个国家，成为科研和生产指导用书。

二〇〇一年二月，袁隆平与中国科学院吴文俊院士一同获得首届国家最高科学技术奖。袁隆平还记得初中时感到"数学为什么不讲道理"的疑惑，就和大数学家吴文俊先生说起那段有趣的往事。

袁隆平说，现代农业已经发展到高尖精的阶段，要用量化来完成，数学是不可少的。他感慨地说："数学是科学之母。"吴文俊笑着说："搞数学的人要吃饭，农业是数学之父。"两个人都会心地笑起来。

二〇〇六年四月，袁隆平当选美国国家科学院的外籍院士，成为中国工程院首位获此荣誉的科学家。二〇〇七年四月二十九日，袁隆平在美国华盛顿正式就任美国国家科学院外籍院士，并出席世界数百名顶级科学家参加的院士年会。

当世人梦寐以求的荣誉蜂拥而来之时，袁隆平却觉得"光环太多，很累"。几乎每天都有各地的记者蹲守在大院里等着采访他。袁隆平很发愁，这怎么得了？然而，只要是秘书安排好的采访，他总是认真地配合，从来不摆一点儿架子。

在任何场合，幽默而睿智的谈吐很快让他成为现场的核心人物。

有一次，记者采访袁隆平时夸他在一场现场直播中小提琴演奏得太棒了。袁隆平摇了摇头说："我是南郭先生，只是在前面做样子，导演安排了高手在后面演奏。"朋友告诉他电视剧《袁隆平》正在播放中，他悄悄地说："哎呀，都不好意思看。"

每逢生日将近，袁隆平都要安排"躲生日"的计划。唯独二〇〇五年的生日，他没有成功地躲起来。因为这天，温家宝同志来到国家杂交水稻工程技术研究中心视察，特地派人送来了生日蛋糕和鲜花，给袁隆平过了一个难忘的生日。

八十大寿快到时，袁隆平早早表示要"躲起来"。工作人员劝他，您躲到哪儿都会有人认识您啊。邓哲提前一个星期就从家里"消失"了。生日那天，很多慕名赶来的人都没有见到袁隆平。他早就跑到外地和妻子会合啦。他只想和家人安静地待在一起，不愿意给别人添麻烦。袁隆平乐呵呵地说："我也是'80后'。"这个风趣

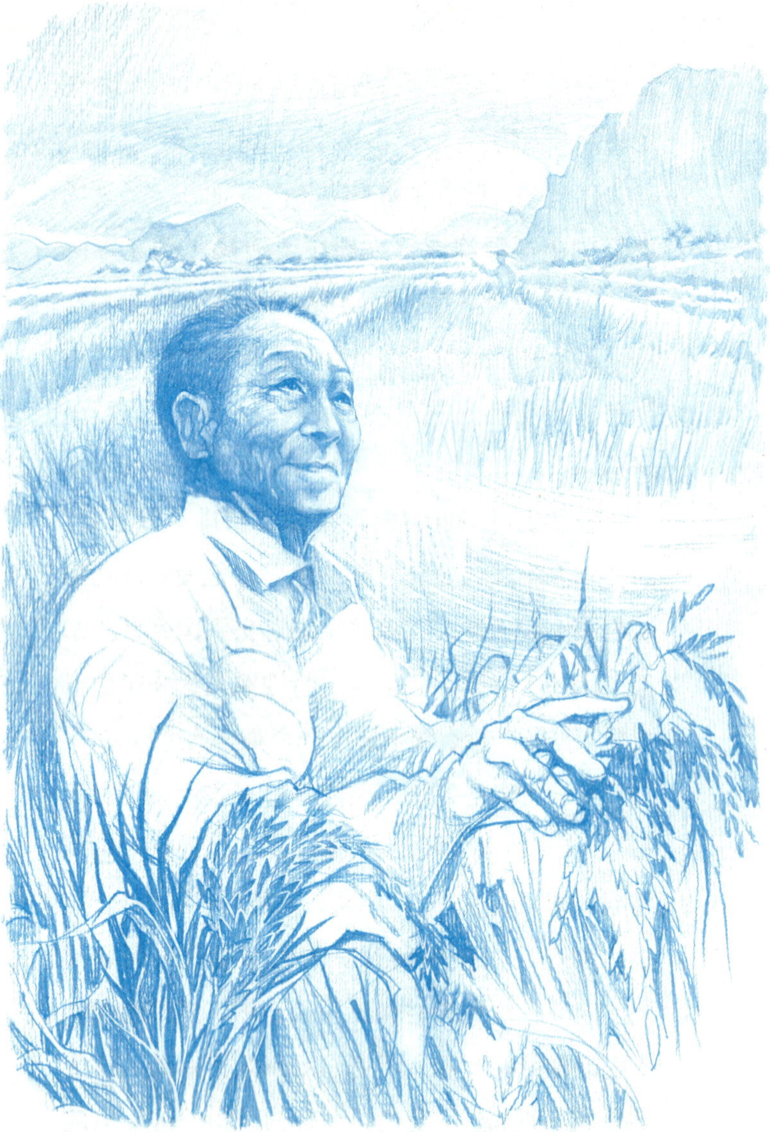

幽默、童心未泯的老顽童从不会忘记他的科研工作，他的生日愿望是："到我九十岁的时候，我要实现亩产一千公斤。"

时光飞逝，二〇一八年五月，专家对三亚试验示范田的"超优千号"水稻进行测产验收，亩产高达一千零六十五点三公斤，袁隆平的生日愿望提早实现。

袁隆平九十大寿这天，他的三个孙女和五名优秀学生一起给他拜寿，为他送上了点缀着稻穗的九层生日蛋糕，颇具深意。

袁隆平感觉最自在的地方，永远是在试验田里。还有那么多计划要完成，他总是闲不住。他挽着裤脚站在绿油油的稻田边，凝望着起伏的稻浪，心里便感到舒坦，脸上也露出笑意。

直到如今，每到南繁育种季节，他仍然和过去一样赶往海南岛，与工作人员一同吃住在试验基地。这个基地坐落在三亚市东郊荔枝沟。两层楼房像普通农舍一样掩映在椰林中，椰子树之间扯起一根铁丝晾晒衣物。在那里没有职位高低，院士、研究员、博士、研究生都一起下田。

袁隆平招收研究生和博士生都要求他们下田劳动。他说，书本里、电脑上种不出水稻，搞育种科研的人必须深入生产实践。

袁隆平说："我觉得人就像一颗种子，要做一颗好种子，身体、精神、情感都要健康。种子健康了，我们每个人的事业才能根深叶茂、枝粗果硕。"

他数十年身体力行，作为一颗健康的种子，一颗生命力蓬勃的种子，长成了科研领域的参天大树，创造出杂交水稻事业的蓬勃景象。